그때도 **틀리고** 지금도 **틀리다**

홍승은 에세이

낮은산

차례

생애주기라는
거짓말

"지금부터 여러분의 미래를 상상해 볼게요. 앞으로 30년 후, 어떤 모습이 되어 있을까요?"

책상 위에 놓인 도화지에 가로로 긴 선을 긋는다. 5년, 10년, 20년, 30년 뒤 내 모습을 쓱쓱 그린다. 스물다섯에는 취업했겠지? 서른다섯쯤에는 아이를 낳지 않았을까? 이런저런 생각을 하며 머리를 굴리다가 고개 들어 주위를 둘러본다. 짝꿍, 앞뒤에 앉은 친구 모두 집중하고 있다. 조용한 교실. 그때 나와 친구들이 어떤 그래프를 그렸는지 구체적인 내용은 떠오르지 않지만, 약속한 것처럼 서로의 그래프가 겹치던 방향은 기억할 수 있다.

대학 입학 ▷ 연애 ▷ 안정적인 직장 ▷ 결혼 ▷ 집 사거나 전세 ▷ 아이 낳고 키우기 ▷ 모은 돈으로 보내는 쾌적한 노후

어릴 때부터 어른들은 미래 계획표를 그려 보라고 했다. 그릴 때마다 그래프는 비슷한 모습이었다. 유일하게 조금씩 변화가 있었던 부분은 '직업란'이었다. 어릴 때는 선생님이 되고 싶었다. 여자 직업으로 제일 안정적이라던 어른들의 부추김도 있었고, 실제로 마주할 수 있는 몇 안 되는 직업인의 모습이 선생님이었으니까. 그 뒤로 아주 조금씩 변동이 있었는데, 관심사에 따라 간호사, 9급 공무원, 사회복지사 정도로 바뀌었다. 짝꿍도 앞뒤에 앉은 친구도 비슷하게 그랬다. 누군가는 유학 계획을 추가했고, 누군가는 세계 일주를 계획하기도 했다. 중간중간 다른 부분도 있었지만, 우리가 향하는 방향은 크게 다르지 않았다.

- 나 대학은 꼭 서울로 갈 거야.
- 당연하지, 춘천에서 학교 나오기 싫어.
- 그래, 우리 꼭 스카이 가자. 그 정도는 가야지.

우리는 대체로 행복하게 살고 싶다고 말했고, 그런 삶에는 명확한 정답이 있다고 믿었다. 안정적인 직장과 주거, 가족 만들기. 행복에 이르기 위해서는 지금 시기가 중요하다고 했다. 지금 실패하면 모든 게 어그러진다는 말, 성적이 떨어지면 나중에 선택지가 없어진다는 말, 부모님 세대와 다르게 마음껏 공부할 수 있는 너희에게 부족한 게 무엇이냐는 말. 그 말들은 지금에 집착하게 했다. 당장 우리에게 주어진 역할, 좋은 성적을 받는 일에. 목표가 뚜렷할수록 불안은 옅어졌다. 이미 주어진 역할을 열심히 수행만 하면 되었으니까. 다른 가능성과 변수 없는 그 시간이 가장 안정적으로 느껴졌다. 그때 우리에게 미래는 손에 잡히는 것이었다. 곧게 뻗은 가로선처럼, 노력하면 그렇게 흘러갈 거라는 확신으로 가득 찬 세계. 성적이 조금이라도 떨어질 때면 내 삶이 통째로 흔들리는 지각변동을 느꼈지만, 교과서와 참고서 내용을 노트에 통째로 옮겨 적으며 시험공부에 집중하면 모든 게 잘 풀릴 거라고 믿었다.

2년 뒤, 열일곱 살에 내가 고등학교를 자퇴할 거라는 사실은 물론 계획에 없는 일이었다. 계획하지 않아도 어떤 일은 일어나기도 한다는 걸, 내 삶이 내 의지대로만 움직이는 게 아니라는 사실을 받아들여야 하는 시간이 갑자기 찾아왔다.

학교에 적응하지 못하고, 적응하기 싫어 내 발로 학교를 나온 날의 아침을 기억한다. 모두가 교복을 입고 교실에 앉아 있을 때, 나는 마지막으로 교복을 입고 군복을 입은 아빠와 나란히 교문을 통과했다. 나를 괴롭히던 선도부 선배들은 마지막까지 소리를 질렀다. "야! 너 누가 이제야 오래. 이리 와." 나는 고개를 숙였고, 한 번도 내 편인 적 없던 아빠의 목소리가 옆에서 들렸다. "니들 깡패야? 어떻게 후배한테 그런 식으로 소리를 질러, 어?" 선배들의 기세가 누그러지고 수군거림이 이어졌다. 교무실에서 자퇴 절차를 밟은 뒤, 집에 돌아오자마자 교복을 벗었다.

자퇴한 다음 날이 떠오른다. 학교에 가야 한다는 압박 없이 맞이한 아침. 일어나서 방을 정리하고 이제 무엇을 할지 멍하니 앉아 생각했다. 한 번도 하지 않았던 일을 하고 싶었다. 염색. 염색을 하자. 집 앞 마트에서 빨간 염색약을 사 왔다. 집에 오자마자 단발머리에 염색약을 덕지덕지 발랐다. 나는 열일곱 살에 학교에 가지 않는 빨간 머리 청소년이 되었다. 출석부가 사라졌고, 시험 기간이 사라졌다. 내신도, 성적표도 사라졌다. 복장 단정이라는 규율 아래 불편한 교복 치마를 억지로 입을 필요도, 검정 단발이어야 할 의무도, 억지로 눈을 뜨고 앉아 있어야 하는 시간도 사라졌다.

　나는 내가 그린 그래프 바깥으로 튕겨 나왔다. 쫓겨난 건지 내 발로 벗어난 건지는 헷갈리지만, 그때 나는 미래를 저당 잡히지 않은 지금을, 텅 빈 가능성의 세계를 처음으로 실감했다. 직선을 벗어나 백지에 점처럼 툭 떨어진 자리에서, 나는 멀미 날 것 같은 불안감과 어디든 갈 수 있고 무엇이든 될 수 있다는 해방감을 동시에 느꼈다.

　불안감이 커질 때면, 학교에서 했던 것처럼 혼자 인생 그래프를 그리곤 했다. 학교를 벗어났어도 대학에 가야 한다는 압박이 끈질기게 따라다녔다. 열여덟에 고등학교 검정고시를 봤고, 열아홉에 춘천의 한 전문대학 사회복지학과에 입학했다. 그리고 갑자기 '인문학 카페'라는 공간을 열게 되었고, 어느 날부터 글을 썼다. 그렇게 흐르고 흘러 지금이 되었다. 가끔 글쓰기 수업과 인문학 강연을 하고,

글로 밥 벌어먹는 사람. 어느 책방 테이블 앞에 앉아 당신에게 전할 글을 쓰는 사람. 만약 지금이 오기까지 과거의 과정을 촘촘하게 그린다면, '엥, 이게 왜 이렇게 흘러가?' 싶은 전개가 가득하다. 인과관계도 애매한 어떤 우연들이 내 도화지를 채운다.

다시 돌아보자. 서른여섯인 나는 결혼을 하지 않았다. 비혼과 비출산을 지향한다. 혼인 관계가 아니지만 사랑하는 인간동물, 비인간동물들과 옹기종기 모여 살아가고 있다. 작가라는 내 직업은 4대 보험도 가입할 수 없어서 안정적이라고 하긴 어렵지만, 하루를 내 의지로 꾸리며 시간을 보낼 수 있다. 주거는 전세 상태로 안정적인 편은 아니고, 노후 자금은 없다. 다만 노후에 함께 어울리며 살아갈 동료들이 잔뜩 생겼다. 예전에 내가 그린 그래프와 지금 내 모습을 비교한다면, 나는 실패한 걸까?

교사가 되겠다며 교대에 입학한 친구는 어느 날

적성에 안 맞는다며 임용고시를 그만두고 목수가 되었다. 중학교 때까지 우수한 성적으로 선생님의 기대를 받았던 친구는 고등학교 진학을 거부한 뒤 이곳저곳에서 다양한 삶의 기술을 배우고 있다. 독일로 유학 간 친구는 학업을 그만두고, 요가 강사로 일하며 그곳의 문화를 즐긴다. 결혼했다가 이혼을 경험한 친구, 결혼하겠다고 장담하더니 다 필요 없고 고양이가 최고라는 친구도 있다. 지금이 좋다고 한다. 가끔 지금처럼 살 거라고 예상한 적 있느냐고 물으면 대답은 한결같다.

아니? 전~혀. 상상도 못 했지.

생애주기. 인생 계획표. 행복. 이 커다란 단어들이 청소년인 나에게 약속하던 미래를 떠올린다. 약속된 길만이 행복을 안겨 줄 거라던 협박 속에서 나는 작은 변수에도 흔들리는 사람이 되었다. 갑자기 몸이 아파 오랜 시간 입원하게 되었을 때, 갑자기 부모님이 이혼했을 때, 갑자기 학교에서 괴롭힘을 당했을 때, 갑자기 내가 집안의 가장이 되었을 때. 그 모든 '갑자기'에서 나를 가장 괴롭힌 건, 그렇게 사는 게 정답이라던 하나의 길을 이탈했을 때 오는 소외감이었다. 사실 모두에게 적용되는 반듯한 '생애주기 발달과업' 따위는 없는데, 왜 모두가 비슷하게 살고 있으며 살아야 한다고 배워 왔을까?

내게 다가온 '갑자기'의 경험을 다시, 다르게 해석한다. 내가 직선에서 벗어나 백지에 툭 떨어지게 된 건 실패가 아니었다. 어떤 삶에도 실패라는 단어를 감히 갖다 댈 수 없다는 사실을 이제 나는 안다. 몸과 마음이 아픈 시간을 통과하며 나는 '아픈 사람'을 소외하지 않는 공간을 마련하려 노력하게 되었고, '정상 가족'에서 벗어난 경험으로 혈연이나 혼인이 아닌 다양한 관계를 상상할 수 있게 되었다.

학교나 안정적인 직업을 그만두는 친구를 볼 때 특별히 놀라기보다는 그간 너무 고생했고 너를 위해 다른 선택을 해 줘서 고맙다고 말할 수 있게 되었다. 가족 내 역할에서 홀로 버티던 동료의 이혼 고백에도 마찬가지의 위로와 축하를 건넬 수 있게 되었고, 예순이 넘어 글을 쓰고 싶다는 글동무의 꿈을 진심으로 응원하게 되었다. 그러니까 나이에 따른 역할이 따로 있으며, 그걸 지켜야 행복하다는 거짓말을 거짓말로 읽을 수 있게 되면, 그것만으로도 나는 나뿐 아니라 타인을 감쌀 수 있는 사람이 될 수 있는 거였다.

나에게 생은 하나의 잘 짜인 계획표가 아니라, 예상하지 못한 마주침에 깜짝 놀라고 결국 받아들이며 통과하는 모험과 같다. 그 태도로 살아간다면, 갑자기 찾아온 아픔과 슬픔, 이별과 변화도 조금은 덜 외롭게 맞이할 수 있을 거다. 여전히 연말이 되면 친구들과 모여 새해 계획을 나눈다. 올해에는 아래와 같은 계획을 세웠다. 서른여섯 살, 나만의 모험기. 중심이 되는 첫 줄은 항상 같은 내용이다.

'내가 선택한 적 없는 기대를 기꺼이 배반하자.'

〈세부 사항〉

1. 일어나자마자 이불 정리하고 식물 물 주기
2. 멍멍이 산책하기
3. 아플 때 죄책감 없이 쉬기
4. 메일 답장 늦지 않기
5. 수영 시작하기
6. ……

그 일이
내 잘못이라는
거짓말

제목: 내 몸은 소중해요 / 11월 14일 금요일 / 비->맑음

　오늘에서야 난 성폭행이 어떤 것인지 알게 되었다. 나는 비디오를 보고 어른들 중에서 어린애들을 그렇게……. 나는 결심했다. 아래 규칙을 보고 실천하기로. 1 가족 외엔 아무도 문을 안 열어 준다. 2 엘리베이터를 탈 때에는 친구나 부모님과 같이 탄다. 3 화장실에 갈 때는 친구와 같이 간다. 난 이 세 방법을 마음속에 꼭 기억하겠다. 성폭행당한 친구들은 얼마나 괴로울까? 하는 생각이 내 머리에 휩싸였다. 하여튼 이름 모르는 아이처럼 하지 않고 가족 외엔 아무도 문을 안 열어 줄 것이고 엘리베이터 탈 때는 항상

아는 사람끼리만 타고 화장실에 갈 때는 친구와 같이 가기로 난 결심했다.

　초등학교 3학년 때의 일기장을 펼쳤다. 일기장에는 기억나지 않는 하루와 내가 아닌 것만 같은 낯선 내 모습이 가득하다. 이게 내가 쓴 게 맞나, 갸우뚱하며 페이지를 넘기다가 11월 14일 일기에서 눈길이 멈췄다. 학교에서 성교육 비디오를 본 그날 저녁, 나는 일기장 한 페이지 가득 다짐을 채워 적었다. 하나하나 숫자를 매겨 적은 실천 목록은 단순했다. '혼자 다니지 말고 조심하기. 비디오 속 이름 모르는 아이처럼 되지 않기.' 비디오에는 조심하지 않아서 성폭력을 당한 뒤 불행해진 이름 모르는 아이가 있었고, 어린 나에게 그 아이는 조심성 없어서 '당한', 불쌍한 모습으로 기억에 박혔다. 매일 아침 일기를 걷어 점수를 매기고 빠짐없이 피드백을 적어 주었던 선생님은 유독 그날 일기에 아무 말 없이

A를 주었다. 빨간 색연필로 쓰인 "A"는 일기장 속 나에게 아무런 이의를 제기하지 않는다. 잘 생각했다고 다독여 주는 것처럼도 읽히고, 더 할 말이 없는 것처럼 읽히기도 한다.

일기장의 다른 페이지를 살펴보면 선생님의 생각이 고스란히 드러난다. '솜사탕, 아이스크림은 요즘에는 별로 맛이 없고 밥이 얼마나 중요한지 알게 되었다. 이젠 군것질을 안 해서 건강한 승은이가 꼭 되고 말 것이다.'라고 마무리 지은 일기에 선생님은 "꼭 먹고 싶거든 엄마한테 말씀드려서 만들어 먹도록 하세요."라는 피드백을 남겼다. '카네이션 만들 때 난 색종이 접기를 잘못해서 다섯 번이나 네 번 정도 실패했다. 그래도 다행히 끝날 때까지는 끝냈다. 하여튼 내일 부모님께 선물 드릴 께 문제고 빨리 내일이 돼서 부모님을 기쁘게 해 드릴 꺼다.'라고 어버이날 적은 일기에는 "평소에도 부모님께 효도 많이 하세요."라는 말과 함께 A+ 표시가 있다.

아마 초등학교 3학년 담임선생님은 내가 만난 다른 선생님들과 비슷하게 성 역할, 효도 같은 것을 중요시하는 사람이었던 것 같다.

기억하지 못하지만 이미 접했을 미디어 속 이야기나 어른들의 말, 사회에 은근하게 흐르는 협박(네 몸은 보물이야. 꽃이야. 여자애는 몸 간수를 잘해야 해) 말고 학교에서 접한 성교육은 열 살에 본 비디오가 처음이었다. 이후 꾸준히 쓴 일기장에도 특별한 내용이 없는 걸 보면, 내 기억과 기록 속 학교에서 배운 성교육은 20여 년 전, 11월 14일 일기 속 내용이 전부다. 5년 후 그 일이 있기 전까지는 나만 조심하면 뭐든 피할 수 있다고 믿었다. 그 '믿음'이 나를 찌를지 전혀 상상하지 못한 상태로.

열다섯 살 여름밤, 친구와 함께 노래방에 갔다. 친구와 나는 쌓인 스트레스를 종종 노래방에서 풀었다. 소찬휘의 'tears'와 자우림 노래를 부르며(소리 지르며) 미간을 찌푸리거나 방방 뛰면 가족과 학교에서 느끼는 압박감이 풀어졌다. 노래방은 지하에 있었고, 화장실은 1층 구석진 복도에 있었다. 여자, 남자 칸이 나란히 있는 화장실이었다. 친구가 화장실에 들어간 사이 복도에서 기다리는데, 한 남자가 몸을 비틀대며 다가왔다. 30대 초중반으로 보였던 그는 나에게 물었다. "화장실이 어딘지 알려 줄래요?" 내가 손가락으로 방향을 가리키자, 그는 다시 물었다. "어디예요?" 술에 취해 헷갈리나 보다 생각한 나는 의심 없이 세 걸음을 옮겨 화장실 문고리를 가리켰다. "여기로 들어가시면 돼요." 순간, 그가 다짜고짜 나를 남자 화장실 칸으로 밀어 넣었다. 문을 잠그고, 하얀 타일 벽에 나를 압박하고 순식간에 몸을 더듬었다. "정아! 정아!" 놀란 나는 다급하게 친구를 불렀고, 친구가 화장실 문을 두드리며 소리를 지른 다음에야 남자는 행동을 멈추고 화장실 문을 열었다. 그는 친구와 나를 보며, "좋은 친구 돼서 좋겠네."라는 말을 남기고 유유히 사라졌다.

그의 뒷모습을 멍하니 보았다. 정이는 나를 보며 "너 괜찮아?" 물었고, 내 대답은 기억나지 않는다. 남자의 뒷모습은 하나도 불안해 보이지 않았다. 주머니에 손을 넣어 핸드폰을 만지작거렸지만, 연락할 사람이 없었다. 신고할 생각은커녕, 부모님에게 알려야 한다는 생각조차 하지 못했다. 혼날 것 같았다. '그러게 왜 그 시간에 밖에 나다니느냐.' 욕먹을 것 같았다. 다른 어른도, 누구도 떠오르지 않았다. 그 일은 비밀이어야 했다. 친구도 나도 성폭력을 조심해야 한다는 말만 듣고 자랐지 막상 그 일을 당했을 때 어떻게 대처해야 하는지 배우지 못했기 때문이다. 우리에게는 다른 선택지가 없었다. 마치 아무 일 없었던 것처럼 노래방에서 짐을 챙기고 각자 집으로 돌아갔다. 다음 날 만났을 때도 우리는 그 이야기를 하지 않았다. 우리는 이후에도 서로에게, 아무에게도 그 일을 말하지 않았다.

　다만 혼잣말을 자주 했다. 내 몸은 소중하다고 배웠는데, 조심해야 한다고 배웠는데, 나는 내 몸을 지키지 못했다. 친구와 '함께' 화장실에 간 건 맞지만, 구조상 같이 들어가지 못했으니 다 내 잘못인 것만 같았다. 애초에 노래방에 가면 안 되는 거였다. 저녁에 집 밖에 있으면 안 되는 거였다. 내 몸은 더러워졌다. 더는 소중한 몸이 아니다. 내가 비디오에서 본 '그 애'를 안타까워하면서도 사실은 한심하게 보고 있었다는 걸 깨달았다. 그 애의 잘못은 내 잘못이며, 그 애의 불행은 내 불행이었다. 이후에도 나는 종종 '그 애'가 되었다. 거리, 버스, 택시에서 성추행당하거나 연인 관계에서 성폭력을 당했을 때도 잘못의 화살을 나에게 돌렸다. 어리둥절하기도 했다. 이건 성폭력인가? 사랑 표현인가? 낯선 남자만을 조심해야 한다고 교육받았던 나에게 익숙한 남자는 경계할 대상도, 나를 가해할 대상으로도 인식되지 않았다. 그때마다 헷갈리고 찜찜해하면서도 누구에게 터놓지도, 도움을 청하지도 못했다. 혼자였다. 애써 잊으려 했다. 잊어야 했다.

일기를 쓰고 20년이 지났다. 서른이 훌쩍 넘은 나는 성폭력을 다르게 인식한다. 대다수 성폭력은 가족과 연인을 비롯한 가까운 관계에서 일어나고, 원치 않는 섹스 강요는 사랑이 아니라 폭력이라는 사실을. 홀로 화장실에 가거나 엘리베이터를 타거나 거리를 돌아다닐 권리는 누구에게나 있다는 사실을. 우리는 피해자를 향해 '조심하라.'고 말할 게 아니라, 가해자에게 '그건 폭력이야.' 알려 주는 성교육을 받아야 했다는 걸. '그 애'가 그런 식으로 비디오에서 재현되어서는 안 됐다는 사실을. 그 애는 '저 성폭력을 당했습니다. 도와주세요.'라고 말할 권리가 있었다는 사실을. 다른 폭력과 마찬가지로 성폭력 역시 피해자 잘못이 아니라는 당연한 사실을.

폭력을 당한 다음에는 바로 신고할 권리가 나에게 있으며, 누군가에게 도움을 청할 수 있으며, 만약 그 순간 나를 비난하는 이가 있다면 그것 역시 폭력이라는 사실도 비로소 알게 되었다. 내 몸이 소중하다면, 폭력으로 인해 더럽혀졌다고 나를 향해 분노하는 게 아니라, 내 성적자기결정권을 침범한 당신과 세상을 향해 제대로 분노해야 한다는 사실을, 이제야 알게 되었다.

어느 여름, 글쓰기 수업에서 기독교 재단 중학교에 속한 비정규직 교사를 만났다. 그는 학교에서 진행한 성교육을 회상하며 느꼈던 죄책감을 글쓰기 수업에서 털어났다. 그는 자신 역시 비슷한 성교육을 받고 자랐지만, 학생들에게 "네 몸은 순결해, 소중해."라고 말하며 '혼전 순결'을 중요시하는 성교육이 익숙하면서도 부대꼈다고 했다. 그 말에 속아 자신의 욕망과 몸에 철저하게 무지했던 시간, 스킨

십 후 자책했던 시간. 그 시간을 떠올리면서 혹시 학생 중에 이미 성관계 경험이 있는 학생이 죄책감을 느끼진 않을지, 성폭력 피해 경험이 있는 학생들이 더 상처받진 않을지 걱정했다. 학교라는 구조 속에서 비정규직 교사로서 차마 다른 말을 꺼낼 수 없었던 자신의 한계를 고백했다.

그의 글을 읽으면서 다시 일기장 속 선생님을 떠올렸다. 당시 나는 선생님을 좋아했던 것 같다. 5월 21일 수요일에는 이런 내용이 적혀 있다.

제목: 선생님 / 5월 21일 수요일 / 맑음

나는 요즘에 선생님이 점점 너무너무 좋아졌다. 우리 선생님은 키도 크시고 이쁘시고 공부를 잘하시기 때문이다. 우리 선생님께선 맨날 웃으시며 우리에게 좋은 경험을 하게 해 주시고, 독서를 잘 가르쳐 주셔서 우리들이 훌륭하고 튼튼한 어린이가 되길 빌고 있는 것 같다. 아! 선생님 사랑해요.

"네가 조심하지 않아도 안전한 세상이 되어야 해."라거나 "설사 성폭력을 당해도 네 잘못이 아니니까 바로 신고하고, 어른들에게 알리고, 절대 자신을 탓하지 마."라고 말해 주었으면 좋았을 텐데. 아니면 차라리 "그래, 몸조심해라."라고 남겼다면, 선생님의 생각이 여실히 드러나기라도 했을 텐데. 세 획으로 쓰인 A라는 빨간 글씨. 어쩌면 지금도 교탁 앞에 있을 선생님을 상상하며, 나는 빈칸에 담긴 이야기를 생각한다. 항상 머리를 올려 묶었던, 큰 키에 푸른 아이섀도가 잘 어울리던 선생님의 얼굴이 희미하게 떠오른다. 지금이라도 나는 선생님에게 묻고 싶다. 그 시절 내가 사랑한 선생님, 왜 11월 14일 일기에는 아무런 피드백을 남기지 않으셨나요? 저와 친구들에게 다른 말을 해 줄 순 없었나요?

선생님도 혹시 비슷한 성교육을 듣고 자라서 잘 모르셨나요? 아니면 어쩔 수 없는 현실에 좌절하며 홀로 죄책감을 느끼셨나요? 그때 선생님은 제 일기를 보고 어떤 생각을 하셨나요? 지금은 어떤가요?

애들은
모른다는
거짓말

함께 글을 쓸 때, 동료들의 눈물샘을 톡 건드리는 주제가 있다. 가족. 누군가 농담 삼아 "가~ 족 같다."고 웃기도 하는 글감. 어떤 이는 엄마를 떠올리고, 아빠를, 할머니를, 자기를 키워 준 수녀님이나 이웃을 떠올리기도 한다. 가족밖에 없다는 말은 일면 맞다. 나에게 이토록 깊은 고민과 상처, 복잡한 감정을 안겨 준 최초의 존재는 대부분 가족이니까. 어린이에게 가족이라 불리는 '친밀해야 하는 관계'는 자기가 선택한 관계가 아니다. 어쩌다 태어났는데, 그들이 내 가족이라고 한다. 청소년도 마찬가지다. 가족 내에서 비교적 권력이 없는 어린이와 청소년은 어른들 세계에서 일어나는 일들에 투명하게 노출된다. '내가 이 집 노예야?' 설거지하며 그릇을 던지던 엄마의 한숨을 내 숨으로 삼키고, 아빠의 날선 눈빛과 욕설에 몸을 말고, 가끔 안정적인 분위기가 되면 눈치껏 엉덩이를 흔들거나 책상 앞에서 졸린 눈꺼풀을 손가락으로 잡아 가며 참고서를 본다. 해맑은 어린이라고? 낙엽이 구르는 모습에도 까르르 웃는 청소년이라고? 그렇게 해맑길 바랐으면, 어른들은 더 조심해야 했다.

그 시절 내 주변 어른 중 어린이와 청소년 눈치를 살피던 사람이 있었을까? 아직 애라서 아무것도 모를 거라고, 혹은 애들도 알아야 한다며 잔인한 말과 장면을 서슴없이 내보이던 어른들. 나를 낳아 주거나, 키워 준, 한때는 내 세계의 전부이자 중심이었던 존재를 글감으로 가져와 쓸 때면 사람들은 눈물을 뚝뚝 흘린다. 어린 시절 나를 돌봐 주었던 그가 불쌍해서, 미워서, 미안해서, 그리워서. 다양한 이유가 있지만, 대부분 오랫동안 꾹 참아 온 울음이 뒤늦게 터지곤 한다. 20년 만에, 40년 만에 터지는 울음을 들으면, 그동안 이 울음을 참은 채 미소 짓던 사람들 표정이 떠올라 절로 고개가 숙여진다.

나 역시 글을 쓰면서 뒤늦게 울 때가 많았다. 어린 시절 일기장을 발견한 30대 초반에도 그랬다. 열다섯, 주로 낯부끄러운 사랑 타령으로 일기장을 채우던 내가 검정 펜으로 꾹꾹 눌러쓴 페이지를 발견했다. 그동안 일기장에서 볼 수 없었던 또 다른 내가 종이에서 모습을 드러냈다.

오늘은 오랜만에 좋은 일을 했다. 대청소하기! 설거지하고, 쓰레기 버리고, 커튼 빨고, 방 청소도 했다. 냉장고도 청소하고 반찬도 몇 가지 만들었다. 뿌듯한 맘으로 기분 좋게 쉬려 했는데, 퇴근한 아빠가 갑자기 짜증을 냈다. 아빠는 자기만 힘들다고 생각한다. 자기 마음대로다. 엄마가 없어서 외롭겠지. 아빠의 투정을 들어줄 힘이 없다. 아빠 눈치 보는 게 힘들다. 아빠만 힘든 거 아니야. 나도 힘들어. 나 아직 어려. 나도 위로가 필요해. 나도 힘들어. 힘들다고.

엄마가 사라진 자리를 채워야 했던 열다섯, 나는 가사 노동을 도맡았다. 아빠와 동생의 감정을 살피는 역할도 떠안아야 했다. 일기장 속 나는 힘들다고 외치고 있었다. 생소했다. 그 시절을 가물가물 기억하긴 했는데, 내 앞에 선명한 글자가 마치 자기 좀 알아달라는 구조 요청처럼 읽혔기 때문이다. 도와달라는 문장에 응답할 사람이 없었던 시간이 길었다.

어릴 때부터 나는 어른들을 이해하고 싶었다. 엉망진창인 우리 가족을 생각할 때면 언제나 엄마 아빠의 사연과 입장을 먼저 생각했다. 엄마는 어릴 때 상처가 있어서, 엄마의 아빠가 너무 무관심하고 가부장적이어서 술을 마시는 거겠지. 아빠도 어린 시절 할아버지가 일찍 돌아가시고 폭력적인 형 때문에 상처가 많아 거칠어진 거겠지. 마음은 그렇지 않은데 서툰 거겠지. 나는 오랫동안 두 사람을 내 마음에 세우고 여러 방면으로 이해하려 노력했다. 살기 힘드니까 그럴 수 있어. 내가 태어나서 불행해진 거야. 나만 잘하면 우리 가족은 행복할 수 있어. 게다가 친척들도 나와 동생에게 엄마를 흉보고, 아빠를 욕하고, 둘 다 나쁜 인간들이라고 비난하곤 했는데, 그럴 때면 이상한 연민과 반발심도 들었다. 아니야, 그렇게 나쁜 사람들 아니라고요. 당신들이 그렇게 일방적으로 욕하면 나는 두 사람을 지켜 줘야 할 것 같은데. 엄마와 아빠가 더 불쌍하게만 보이는데. 여전히 헷갈린다. 정확하게 미워할 기회를 뺏은 건 나 자신이었을까, 모두였을까.

그래서 청소년기를 떠올리며 글을 쓸 때마다 위태롭게 흔들렸다. 소중한 동료가 내 글을 읽고 답장을 남겨 준 적이 있다. "승은은 그 시기와 감정적으로 거리를 두지 못하는 상태 아닐까요? 유독 그 이야기를 쓸 때 톤이 그 시기의 승은으로 돌아간 것처럼 느껴져요. 특히 가족에 대해 쓸 때요." 동료의 말은 옳았다. 그때를 떠올리는 순간, 나는 순식간에 열다섯 살로 돌아가 버렸다. 곧 마흔인 지금 내가 아니라, 보살핌이 필요했던 나로 돌아갔다. 충분히 분노하거나 슬퍼하지 못한 어린 내가 자꾸 튀어나왔다.

폭력이 지나간 뒤, 아빠가 빙그레 웃으며 내밀던 단팥빵으로 비명과 욕설과 멍과 피가 다 덮이지 않아요. 엄마가 힘들었던 만큼, 나도 힘들었어요. 엄마가 아빠 때문에 아프고 힘들었던 만큼, 아빠가 엄마 없다고 외로웠던 것만큼, 나도 너무 아팠어요. 엄마를 그리워하면서도 엄마가 우리 때문에 참고 산다던 말이 떠올라 그리워하는 일조차 죄책감이 들었어요.

마음껏 그리워하지 못했어요. 방황하는 동생을 부러워하기도 했어요. 집구석이 지긋지긋하다며 떠날 수 있는 게 부러웠어요. 나는 엄마와 동생과 아빠 모두가 밉고 좋고 불쌍하고 불쌍해서 그러지 못했거든요.

다른 사람을 이해하려 애쓰느라 나를 돌보지 못한 시간은 하나의 습관이 되어 사는 내내 영향을 미쳤다. 선생님에게 이유 없이 출석부로 머리를 맞을 때도, 선생님이 오늘 힘든 일이 있었는데 재수 없게 걸린 거구나 생각했다. 편의점에서 아르바이트할 때, 갑작스럽게 이유 모를 짜증을 내는 점주 앞에서도 마찬가지였다. 아, 요즘 빚이 많다고 하던데, 그래서 힘드신가 보다. 춘천에서 인문학 카페를 운영하던 시기, 갑자기 찾아와 에어컨을 고쳐 주겠다며 억지로 내 자취방에 가려는 서울의 한 문화단체 대표를 간신히 돌려보내고 집으로 돌아가는 길에도 나는 눈물을 닦으며 이해하려 애썼다. 호의일 테지. 그 사람이 그럴 리 없지. 다 이유가 있겠지. 다들 사는 게 힘들어서 그래. 마치 모든 일에 아무 상관없고, 다 괜찮은 것처럼, 철저히 그 상황에서 감정을 배제하고 멀리 떨어지기. 내가 그를 이해할 수 있는 위치라고 믿기. 그게 당시 내가 선택할 수 있는 최선이었다. 어쩌면 우리는 살기 위해 상대를 이해하려고 노력하는 건 아닐까? 기울어진 자리에서 우리는 이해하는 역할까지 맡게 된 건 아닐까? 소란스러운 불화보다 꾹 참는 평화가 나을 거라는 착각은 언제부터 내 안에 새겨진 걸까?

'나도 힘들어. 위로가 필요해.' 차마 입 밖으로 꺼내지 못하고 일기장에 남긴 외로운 글자들에게 나는 답장을 건네고 싶다.

안타깝게도, 나는 여전히 다른 사람의 사정을 알

고 싶어 하고, 불가능하더라도 상대의 입장을 고려하려 노력해. 그런데 헤아리는 마음 때문에, 내 감정과 서사를 지워 버리면 자꾸만 어딘가 곪더라. 자꾸 아프고, 이유 모를 눈물이 나오기도 하더라. 아무나 만나 도망치듯 결혼하고 싶었던 충동도, 나를 함부로 대하는 환경에 자신을 방치했던 시간도, 죽고 싶던 마음도 다 꾹 누른 마음들이 나에게 저항하며 소리치는 거였더라고.

이 글을 읽는 지금은 어때? 누구를 꾸역꾸역 이해하려 노력하며 너를 누르고 있진 않아? 나는 네게 타인을 이해하려는 노력을 멈추라고 말하고 싶지 않아. 이해할 수 없어도 계속 알려고 노력하는 건 특별한 힘이야. 쉽게 미워하지 않고, 다방면으로 상대의 역사를 톺아보고 여러 감정을 느끼는 건 아무나 할 수 있는 일이 아니야. 그런 능력을 미워하지 마.

그렇지만, 이해는 이해로 남겨 둔 채로 네가 힘들다는 것도 스스로 알아주면 좋겠어. 어른들 눈치를 살피고 분위기를 고려하느라 네가 힘들다는 사실을 모른 척하지 말자. 말할 사람이 있다면 다행이지만, 지금 당장 곁에 없을 수도 있겠다. 가족 때문에, 성적 때문에, 학교 때문에, 관계 때문에, 돈 때문에, 여러 이유로 힘들 거야. 힘들다고 인정하자. 말하자. 누가 듣지 않아도 나부터 나를 알아주도록 마음껏 징징대자. 일기장에라도 징징대자.

이해는 이해대로, 당신은 당신대로, 나는 나대로. 힘들었다고 말하자. 그렇게 말하다 보면, 언젠가 너는 스스로에게, 그리고 비슷한 시간을 지나온 누군가에게 이렇게 말할 수 있을 거야.

"힘들었던 시간을 살아 내 줘서, 살아남아 줘서 고마워요. 당신의 외로웠던 시간에 초대해 줘서 고마워요. 이제 당신을 위해 울 시간이에요."

보이는 몸이
전부라는
거짓말

"넌 꼴이 그게 뭐냐."

함께 마트에 장을 보러 갔던 날, 아빠는 내 '꼴'을 보며 말했다. 열여섯 겨울의 내 모습이 떠오른다. 여드름이 오른 피부와 안경 쓴 얼굴, 엉덩이를 가리려 입은 긴 티와 검정 패딩. 집이 아닌 공간에서 나를 본 아빠는 새삼 내 꼴이 창피했나 보다. 가뜩이나 웅크린 어깨가 더 둥글게 말린다. 창피하다. 내 몸이 부끄럽다. 얼굴이 부끄럽다. 내가 부끄럽다. 타인이 나를 빤히 볼 때면, 자연스럽게 이 말이 나온다. "부끄러워요." 사전에서 부끄러움을 검색해 본다. '양심에 거리낌이 있어 떳떳하지 않은 마음'. 아, 그렇다면 내 몸은 양심에 어긋난다는 말인데. 정말 그런가? 여드름 나고, 살찌고, 화장 안 하고, 안경 쓰면 비양심적인 몸인가?

나는 너무 오랫동안 몸을 미워했다. 내 몸은 사과하는 몸이었다. 걸핏하면 고개 숙이고, 넙죽 엎드렸다. 그때는 차마 꺼내지 못한 질문을 뱉어 본다. 너 정말 잘못했어?

네 꼴을 봐. 넌 창피하지도 않니?

이 강박 같은 목소리는 어릴 때부터 나를 지배했다. "으이구, 여자애가 살이 쪄서 어떡해." 엄마는 이 말과 동시에 "승은아, 밥 먹어!" 외친다. 엄마의 부름에 속이 아프다는 핑계로 식탁에 가지 않는다. 단식한 지 이틀이 지났을까, 배가 조금 들어간 것도 같다. 변기에 앉으면 두 손으로 배를 움켜쥐는 버릇이 있었다. 배꼽과 함께 동그랗게 살이 모이면 내 배는 꼭지(배꼽)가 쏙 들어간 큰 배(과일)처럼 변한다. 기분 탓일까, 이틀 굶었다고 사과 크기로 줄어든 것만 같다. 며칠 뒤, 엄마 손에 끌려 목욕탕에 갔던 오후, 온탕에서 걸어 나오는데 눈앞이 핑 돌았다. 순간 정신을 잃고 딱딱한 돌바닥에 고꾸라졌다. "꺅!!!" 사람들의 비명이 들린다. 잠시 뒤 눈을 떠 보니 나는 목욕탕 작은 정자에 나체로 누워 벗은 몸들에 둘러싸여 있었다. 입에서는 비릿한 피 맛이 났다. 앞니가 아랫입술 안쪽에 박혔다. 누군가 바나나우유를 건넸다. "아이고, 아가가 무슨 다이어트를 한다고 그랬대." 정신이 든 나를 보더니 엄마는 등짝을 때리며 말한다. "야, 이 화상아!"

20년이 훌쩍 지난 지금도 내 왼쪽 아랫입술에는 그날의 흉터가 남아 있다. 내 기나긴 다이어트의 역사 중 하나의 흔적, 흉터가 몸에 새겨졌던 날은 내 나이 열 살, 초등학교 3학년 때였다. "이런 황당한 일이 있었답니다."라고 마무리하기에 나는 여전히 아침에 일어나면 습관처럼 체중계에 올라간다. 10대와 20대 때에는 서른 넘어 마흔이 다가오면 조금은 벗어날 줄 알았는데……. 곧 육십을 바라보는 엄마도 며칠 전 선언했다. "나 일주일 단식 시작할 거야. 살이 너무 쪄서 옷이 안 맞아." 엄마 역시 자기 엉덩이가 너무 크다며 길고 폭이 넓은 티셔츠로 엉덩이를 가린다. 나는 평소엔 체중계를 멀리하며 지내지만, 여름이 다가오면 아침마다 체중계에 오르며 숫자에 집착한다. 시험 점수를 매기듯 내 몸에 점수를 매긴다. 그것은 빨간 펜으로 틀린 문제를 쬑 그을 때처럼 나에게 상처를 남긴다.

상처가 꼭 외모를 향한 비난으로만 생긴 건 아니다. 아빠 말처럼 '꼴'을 평가하는 말은 때로 잔인하게, 때로 다정하게 다가왔다. 너 참 예쁘다. 엄마를 닮아서 예쁜가? 동생보다 키가 크고 뽀얗네. 동생보다 얼굴이 크구나. 동생이 더 올망졸망한 미인이어서 질리지 않는 얼굴이야. 승은이 넌 커서 남자 많이 울리겠다. 왜 이렇게 뚱뚱해졌어? (내 뱃살을 흔들며) 이게 뭐야, 여자애가. 직접적으로 들은 말이 아니더라도, 어디서든 외모 관련한 이야기가 나오면 다 내 얘기 같았다. TV 화면에 마르고 아름다운 여자 연예인이 나오면 흠모하고 흥분하다가, TV를 끄고 나서 까만 화면에 비치는 내 모습을 볼 때면 배로 초라해졌다.

초등학교 3학년 겨울방학에 경기도에서 강원도로 전학 갔던 날, 같은 반 아이들은 내게 호기심을 보였다. 겨울방학이 끝나고 4학년이 되었을 때, 친구들은 내가 또래보다 키가 조금 크고 예쁘장하게 생겼으며(그때 애들의 표현이다), 옷을 단정하게 입었다는 이유로 학급 반장으로 뽑아 주었다. 그 친구들에게 내 정보라고는 수도권에서 왔다는 것과 겉모습밖에 없었기에 그런 정보들이 나를 감히 '신뢰'하게 만들었다고밖에 생각할 수 없었다. 학교에 행사가 있을 때면, 아이들은 당시 유행하던 아이돌 춤을 추었다. 그때마다 아이들은 몸치인 나에게 함께 추자고 했다. 당시 유행하던 걸 그룹을 모방할 때, 누가 '센터'를 할지도 외모 순으로 정해졌다. 초등학교 6학년 때에는 같은 반 남자애들의 비밀 설문지를 발견한 일도 있었다. '반에서 다리 얇은 여자애들 순위'에 관한 투표였다. 나는 5등이었던가. 그 시절부터(어쩌면 그 이전부터) 나는 쭉 내 몸이 '보인다'는 걸 의식하고 있었다. 순위는 상관없었다. 내 몸이 평가받고 있다는 사실이 중요했다. 커다란 티셔츠로 자라는 가슴을 숨기고, 어깨를 움츠리며 다녔다. 보이는 몸. 평가받는 몸. 부끄러운 몸. 수치스러운 몸. 내가 생각하기에 내가 충분히 마르지 않았고, 누군가 또 내 다리를 보며 평가할 게 두려워 여름에도 반바지를 입지 않았다. 언젠가 애들이 물었던 적이 있다. "승은아, 넌 왜 여름에도 긴 바지만 입어?" 나는 흉터가 있다고 대충 둘러댔다. "(보이지 않는) 흉터가 있어."

하물며 교복 치마라니. 중학교에 입학할 때, 내가 가장 걱정했던 게 교복 치마였다는 사실을 믿어 줄 사람이 있을까? 교복 치마는 종아리와 무릎 사이에 딱 떨어지는 길이여서 웬만큼 마르지 않으면 종아리의 볼록한 부분이 도드라졌다. 교복을 입고 집 밖에 나가는 건 두려운 일이었다. 담임선생님은 재밌는 농담이랍시고 걸핏하면 "검은 무들 잘 관리해." 하고 말했다. 검은 무란, 검정 스타킹을 신은 학생들의 종아리를 가리키는 말이다. 이차성징이 시작된 이후 살이 붙었고, 얼굴 골격도 커졌고, 여드름도 뿅뿅 생겼고, 시력이 안 좋아 안경까지 쓰게 되었다. 초등학생 때와는 사뭇 다른 외모였다. 친구들은 내 뱃살을 놀렸고, 나도 그들의 다리를 놀렸다. 우리는 서로의 못생김을 놀리며 웃었다. 놀이로 수치심을 덮어 버리려 했지만, 학교 가는 길에는 누구와도 마주치지 않으려 땅만 보며 걸었다. 그때도 내가 체중계를 끼고 살았으며, 그 시절 몸무게를 지금도 기억한다는 사실은 조금 징그럽기도 슬프기도 하다.

그 시절 여자아이들이 발 딛고 있던 곳은 땅이 아닌, 체중계 위였다. 급격한 몸의 변화에 적응하기도 바빴던 10대의 우리에게 몸은 항상 더 많은 과제를 안겨 주었다. 그것도 결코 달성할 수 없는 과제를. 뱃살은 하나도 없어야 하고, 스키니진을 입어도 굴욕 없는 각선미를 가져야 하며, 가슴은 조금 큰 게 좋으니 딸기우유를 주기적으로 먹고, 팔뚝이 접힐 때 튀어나오는 살이 없어야 하고……(지금부터 자신이 습득하거나 들어 온 미의 기준을 쭉 나열하는 시간을 갖는다면, 우리는 대부분 하루 이상 떠들 수 있을 거다).

쉽사리 체중계에서 발을 뗄 수 없었다. 게다가 체중계 위가 익숙해지면 나 자신은 물론 타인도 몸무게로만 보게 되는 왜곡 현상이 나타난다. 나도 그랬다. 쟤는 살만 조금 빼면 예쁠 텐데. 왜 꾸미지 않지? 내가 쟤보다 훨씬 뚱뚱하겠지. 내가 쟤보다 다리는 조금 더 날씬하겠지. 쟤는 너무 말라서 징그러워. 그래도 부럽다. 내가 듣던 말들은 내 목소리가 되었고, 그들의 시선은 곧 내가 세상을 보는 방식이 되었다.

다시 질문해 본다. 왜 몸은 부끄러운 감정과 찰싹 붙어 있을까?

몸을 향한 각종 편견은 우리 삶을 거대한 체중계로 옮긴다. 깨끗한 몸. 눈에 띄지 않은 몸이 되어야 그나마 은은한 시선 속에서 조용히 살아갈 수 있다. '지금 공부하면 마누라 얼굴이 달라진다.' '예쁜 애들이 성적도, 성격도 좋아.' '기왕이면 다홍치마.' '용모 단정'…… 요즘엔 이런 구린 말들을 대놓고 하는 사람은 드물지만, 외모 위계는 가정이나 학교를 넘어 세상 곳곳에 뿌리내려 있다. 각종 다이어트와 패션·뷰티 시장에 점령된 우리는 여전히 몸이라는 각자의 섬에서 분투하고 있다.

어느 여름, 한 고등학교에서 북토크를 했는데, 단발머리 여학생이 내게 말했다. 그는 다이어트나 몸에 관한 관심이 자기가 통제할 수 있는 유일한 영역이라고 했다. "세상은 통제하지 못해도, 적어도 내 몸은 통제할 수 있잖아요." 가족을 바꾸거나 집을 나갈 여력이 안 되고, 학교도, 관계도 다 힘든 세상에서 유일하게 자기 마음대로 할 수 있는 건 몸이라고 했다. 실제로 거식증, 폭식증을 비롯한 다양한 섭식장애를 겪는 청소년은 억압된 환경에서 유일하게 자기가 통제할 수 있는 출구를 몸으로 여긴다.

몸은 단지 '몸'만의 문제가 아니다. 내가 몸을 타인에 의해 인식하게 된 것처럼, 외형에 따라 인정과 환대의 경험을 다르게 한 것처럼, 이 세계에서 몸은 단지 몸으로만 존재하지 않는다. 그래서 몸은 부끄러워하고, 잘못을 빌며, 사과한다. 몸은 도덕이니 윤

리니 양심 같은 것과는 아무 상관없지만, 세계는 그것을 믿지 못하게 부추긴다. 커다란 몸, 작은 몸, 마른 몸, 어딘가 다른 몸, 그 모든 몸은 그냥 몸이다. 몸을 비난하는 수많은 목소리, 성별 이분법을 기준으로 여자다운 몸과 남자다운 몸을 나누는 문화, 마른 몸만이 정답이라는 듯 앙상한 여자들을 끝도 없이 송출하는 미디어, '다른 몸'이 '틀린 몸'이라고 주입하던 모든 말. 그때도 그랬고, 지금도 다르지 않다. 그때도 틀렸고, 지금도 틀렸다. 틀린 답을 붙들고 내 몸을 부끄러워했고, 내 몸을 부끄러워하는 나를 부끄러워했다.

여전히 세상은 몸에 점수를 매긴다. 몸을 부끄러워하라고 부추긴다. 하지만 더는 좁디좁은 체중계 위에 나를 고립시키지 않을 거다. 계속 질문할 거다. 우리는 왜 내 몸을, 네 몸을 미워하고 선망했을까? 부끄러워했을까? 몸을 가로지르는 다른 이야기를 계속 만들어 가고 싶다. 내 몸이 가장 편안하게 느끼는 재질(모달), 내 몸이 가장 안정적으로 소화하는 음식(들깨 두부찌개), 내 몸이 가장 힘들어하는 일(누군가의 시선에 의해 평가되는 순간), 최근 내 몸이 만난 새로운 감각(수영장 물에 풍덩 뛰어들어 물결을 느끼는 일), 내 몸이 가장 좋아하는 시간(이른 새벽)⋯⋯. 그렇게 차곡차곡 다른 질문을 쌓아 가며 몸을 입체적으로 읽고 싶다. 뻔한 평가가 아닌, 다양한 몸의 이야기를 듣고 싶다.

사춘기
방황일 뿐이라는
거짓말

일요일 아침이면 일주일 치 약통을 정리한다. 아침에는 불안과 우울을 안정시키는 약, 점심에는 면역질환 약, 저녁에는 수면을 도와주는 약을 채운다. 식탁 앞에서 약통을 채우는 내 모습을 보던 엄마가 넌지시 물었다.

  – 아직도 약 먹어? 정신과 약은 빨리 끊는 게 좋다던데.
  – 또 그런다, 엄마. 이 약은 아플 때 먹는 다른 약이랑 같아. 내가 계속 아프길 바라?
  – 아니, 너 이제 운동도 다니는데. 건강한 애가 왜 약을 먹어. 엄마 친구들이 그러더라. 그런 거 함부

로 먹는 거 아니래.

　- 의사 선생님이 그랬어. 약 함부로 끊는 거 아니래. 나도 평생 약 먹는 게 목표가 아니야. 불안이나 불면증을 조절해서 약을 끊는 게 목표야. 약에 의존하는 거 아니라고.

　- 으휴, 또 잔소리, 잔소리. 알았어. 그래도 웬만하면 끊어. 응?

　내가 잔소리했다고? 엄마가 아니라? 이상한 전개에 맥없이 웃음이 샜다. 오늘의 정신과 논쟁은 이렇게 끝. 반복되는 갈등은 엄마 말처럼 겉으로 잘 티가 안 나는 내 아픔 때문일지 모른다. 불안과 우울은 상처가 겉으로 드러나지 않고 속으로 곪아 가는 병이니까. 이동하거나 일하거나 가만히 있다가도 갑자기 세상이 뒤집히고 숨이 막히는 공황장애도 가끔 발작이 있을 때나 눈에 띈다. 보이지 않는 아픔은 쉽게 의심받는다. 정말 아파? 꾀병 아니야?

아프다는 핑계로 다 미루려는 거 아니야? 이 의심은 누구보다 스스로가 먼저 하게 되기에, 나는 오랜 시간 아프면서도 내 아픔을 믿지 못했다. 불안장애, 만성 우울증, 공황장애 등이 있다는 사실을 가장 의심하고 몸부림치며 인정하지 않으려 했던 사람은 나 자신이었다. 이 말은, 남의 아픔을 의심한 시간도 길었다는 뜻이기도 하다.

- 너 약 함부로 먹지 마. 운동도 하고, 바깥에도 좀 나가. 왜 네가 굳이 병원에 가?

15년 전 내가 동생 승희에게 했던 말. 당시 승희는 무기력이 깊어져 낮과 밤이 뒤엉킨 채 시간을 헤매고 있었다. 바짝 말라 조금만 건드려도 부서질 것 같은 승희 모습이 어딘가 잘못되었다고 느끼면서도 감기처럼 지나갈 거라고 여겼다. 어느 날 승희가 정신과에 가겠다고 말했을 때, 대뜸 날카로운 말이 나왔다. "나도 힘내서 살고 있잖아. 너는 왜 나처럼 참지 못해? 너만 힘든 거 아닌데, 왜 너는 힘들다고 그렇게 당당하게 말해?" 뒤틀린 마음이 고의적인 무심함과 못된 말로 튀어나왔다. 나중에야 그때 내가 동생에게 한 말이 정신과 환자(뿐 아니라 누구에게든)에게 해선 안 될 최악의 말 중 하나라는 사실을 알았다. 다행히 당시 동생은 내 말을 무시하고 병원에서 조울증 진단을 받아 약을 처방받았다. 꾸준히 약을 먹으며 점차 양을 줄여 나갔다. 지금은 우리 둘 중 나만 정신과 약을 먹고 있다. "승희, 그땐 미안했어." 사과하면 승희는 놀리듯 말한다. "언니가 그럴 때도 있었다. 그지?"

편견에 젖어 병원을, 아픔을 불신했던 내가 있었다. 편견은 타고난 성향이나 자연스러운 관념이 아니라 사회적으로 구성된다는 사실을 모르던 내가 있었다. 편견 가득한 말들이 주위를 둘러싸고 있으면 나에게도 스며든다. 편견은 '정상'이라는 좁은 기준을 조금만 벗어나면 바로 작동된다. '정상' 가족이 아니거나 청소년이 학교에 다니지 않으면 아주 큰 문제라는 식으로 말이다. 나는 위의 두 가지 모두에 해당하는 이혼 가정 탈학교 청소년이었기에 나름 그런 잣대의 부당함을 안다고 믿었지만, 하나의 틀을 벗는다고 다른 틀도 벗게 되는 건 아니었다. 그중 하나가 정신과에 대한 편견이었다. 미친 여자에 관한 소문, 온갖 범죄자에게 정신병을 붙이는 미디어, 우리가 쓰는 욕설에 담긴 정신병 비하. 짐작과 소문으로 빚은 실체 없는 두려움은 제대로 알 기회를 빼앗은 채 그저 배척하게 만든다. 겁내고, 부정하고, 끝내 배제하는 방향으로. 그 배제가 나 자신도 소외하고 있는 줄은 꿈에도 모르고, 당연히 그래야 한다고 생각했다. 내가 진작 정신과에 가지 못한 이유도 그 때문이었다.

모두가 나를 미워하는 것 같고, 세상이 두렵고, 며

칠 내내 씻지도, 침대를 벗어나지도 못하고, 닥치는 대로 입에 무언가를 쑤셔 넣거나 굶기를 반복하는 일. 다양한 방식으로 나를 아프게 해야만 버티는 자해의 시간. 그런 상황은 나에게 익숙했다. 기억하기로는 열다섯부터였다. 학교에 가기 싫어 화장실 문을 잠그고 아빠가 출근할 때까지 버텼다. 학교에서도 내내 잠만 잤다. 친구의 간단한 안부 문자에도 6개월 넘게 답장하지 못했다. 시험 기간이나 방학 같은 시간 감각도 사라졌다. 지금 내가 왜 살아야 하는지, 모든 게 비현실적으로 느껴졌다. 남는 건 오로지 지금의 슬픔과 무기력이었다. 영화 〈혐오스런 마츠코의 일생〉을 보며, 마츠코가 간절하게 벽에 반복해서 쓰던 문장에 공감하며 열심히 따라 읽고 썼다.

'태어나서 죄송합니다. 태어나서 죄송합니다. 태어나서 죄송합니다.'

진작 병원에 가야 했다. 갈 수 없었다. 가지 못했

다. 당시 내 주위에는 정신과에 편견 없는 사람이 없었다. 특히 청소년의 슬픔과 우울과 무기력은 대부분 그 나이에 마땅히 겪는 방황이라는 진단으로 납작해지곤 했다. 한창 방황할 나이지. 사는 게 편해서 우울한 거야. 나가서 힘들게 사는 사람들 좀 봐. 공부만 하면 되는데 뭐가 그렇게 어렵니? 내가 네 나이 때는……. 사라지고 싶을 때면, 나도 어딘가에 도움을 청하고 싶었다. 누구에게 요청해야 하는지 몰랐고, 그게 병원이 될 수 있다는 생각은 더더욱 하지 못했다. 게다가 가까운 이의 경험을 들으면 설사 병원에 갔더라도 과연 평등한 진료를 받았을지 의문이 든다.

동료 가피는 중학교를 졸업한 뒤 고등학교에 진학하지 않고, 학교 밖 청소년들의 협동조합을 꾸렸다. 당시 가피는 무기력과 자살 충동에 시달렸고, 살기 위해 시내에 있는 한 신경정신과에 찾아갔다. 열일곱이었던 가피에게 정신과 의사는 조언했다.

"고등학교 들어가고, 대학에 가면 나아질 거야." 가피는 그때 만난 의사 때문에 병원에 대한 불신이 커져서 그 뒤로 몇 년을 홀로 버텼다.

20대 후반, 나도 정신과를 찾아간 적이 있다. 공황 발작으로 숨이 멎을 것 같은 공포감을 경험한 직후, 살기 위해 찾아간 병원에서 의사는 말했다. "스트레스가 많죠? 스트레스가 많으면 발작이 와요. 스트레스를 줄여야 해요." 여기까지는 예상할 수 있었다. "아직 결혼 안 했죠? 여자들은 결혼하면 좋아지는 경우가 정말 많더라고요." 순간 내 안에는 온갖 의문이 올라왔다. '선생님, 스트레스받으면 안 된다면서요. 결혼한다고 스트레스가 정말 줄어들까요? 아니던데…….' 입 밖으로 꺼내지 못하고 진료실을 나왔다. 다시 조용히 병원과 멀어졌다.

상황이 더 나빠지기 전에 나에게 필요한 병원에 찾아가야 했다는 걸, 여느 곳처럼 정신과 의사도 다양하며, '나와 맞는' 의사를 만나기 위해 몇 번의 시행착오가 있어야 한다는 걸 알았다면 고독하고 괴로운 시간이 조금이라도 줄어들었을 텐데. 참고 또 참다 대중교통도 이용할 수 없어서 죄수처럼 집에 갇히고, 아예 잠을 잘 수 없을 지경이 될 때까지 불안과 공황을 방치하진 않았을 텐데.

　서른 무렵, 나는 다시 병원에 갔다. 갈 수밖에 없었다. 좋은 선생님을 만나길 간절히 비는 심정으로 찾은 신경정신과에서 동그란 안경이 잘 어울리는 선생님을 만났다. 선생님은 내 이야기를 듣더니, 그런 환경에서 아프지 않으면 오히려 이상한 거라고 말했고(그 말에 울음이 터졌다), 그간 너무 힘들고 외로웠을 거라며 다독였다(울음). 잘 맞는 약을 찾아서 같이 증상을 완화하고, 주기적으로 와서 힘든 이야기를 꺼내도 된다고 했다(울음). 그리고 말했다. "만성 우울증이네요. 공황이나 불안 증상은 약과 행동치료만 해도 금방 좋아질 수 있어요. 이제 혼자 고

71

생하지 말아요." 그렇게 6년간 꾸준히 약을 조절하며 먹게 되었다. 그 시간 동안 나는 수면제 없이도 잠들 수 있게 되었고, 공황 증상도 호전되어 대중교통 이용은 물론 운전도 하게 되었다. 약이 모든 걸 해결하는 마법은 아니어서, 여건이 될 때마다 틈틈이 상담 센터를 찾았다. 심리 상담은 상담사의 가치관이나 여러 요소가 나와 맞는지를 확인하는 게 중요한데, 병원보다 비용이 센 편이어서 아직 정기적으로 다니지는 못하고 있다. 대신, 자기 비하와 의심, 불안이 습관으로 굳어지지 않도록 새로운 생각 회로를 만들기 위한 생활 속 실천도 꾸준히 하고 있다.

어른이 되어도 선뜻 넘지 못했던 편견은 청소년에게 더욱 높게 다가올 수 있다. 당시 내가 갈 수 없었던 공간들을 떠올린다. 특히 병원, 그중에서도 정신과만큼 문턱이 높았던 부인과가 떠오른다. 청소

년이 그곳에 있으면 큰일이라도 생긴 것처럼 호들
갑이던 어른들, 대기실에서 느껴지던 숨 막히는 시
선, 반말하며 나를 무시하던 의사. 아플 때 찾는 병
원일 뿐인데, 장래 희망으로 의사는 환영하면서 환
자는 안 된다는 메시지.

　무례한 의사를 만날 때면 여전히 위축되기도 하
지만, 이제는 주기적으로 부인과를 찾는다. 1년에
한 번 치과에서 스케일링을 받는 것처럼, 당연한 듯
그곳에 간다. 질염 증상이 올 것 같다 싶으면 미리
병원에 가서 처방받은 질정제를 사용해 염증을 예
방한다. 부인과든 정신과든, 몸이 아프고 마음이 힘
들 때 가서 치료를 받고 약을 처방받으면 된다. 그
러라고 있는 곳이다. 거기에 왜 편견이 끼어들고,
문턱이 높아져야 할까.

　다시 상상해 본다. 만약 그 시절 내가 정신과에
가겠다고 말했다면, 치료비가 필요하다고 손 내밀
었으면 식구들은 제지하지 않았을까? 그리고 나 역

시 학교에 소문이라도 날까 봐 겁먹지 않았을까?

　몇 해 전 여름, 중고등학교 교사들과 글쓰기 워크숍을 함께했다. 그날의 주제는 아픔이었다. 교사 열한 명이 모인 자리에서 한 선생님이 글을 발표했다. '나는 우울증 약을 먹는 고3 담임이다.' 이 문장으로 시작한 글은 자신이 정신과에 다닌다는 사실이 알려지면 모두에게 교사 자격을 의심받을까 봐 몰래 먹어 왔다는 내용이 담겨 있었다. 낭독이 끝난 후, 선생님은 가까운 누구에게도 말하지 못한 비밀이라며 말했다. "다른 사람에게 이 사실을 알리는 건 오늘이 처음이에요." 잠깐의 정적이 흐른 뒤, 다른 선생님이 손을 들었다. "저도 우울증 약을 먹어요." 여기저기 비밀 고백이 이어졌다. 공황장애가 있는데 어디에서도 말한 적 없다는 이야기. 본인도 정신과에 가고 싶은데 비슷한 이유로 가지 못했다는 이야기. 교사들은 이런 이야기를 꺼낼 수 있다는 것만으로도 힘이 된다며, 무엇을 비밀로 삼아 왔는지를 더 짚어 보자 했다.

침묵이 깨져 대화가 흐르면, 어딘가에 있을 누군가의 침묵도 상상하게 된다. 그날 선생님들은 스승과 제자가 아닌, 동료 시민으로서 청소년의 의료 접근성에 관한 이야기를 나눴다. 분명 병원에 가야 하는 청소년이 있을 텐데, 홀로 버티고 있지 않은지 걱정된다는 이야기. 주위 어른이 막으면 어떻게 그 우울과 불안, 강박 등의 뾰족하고 아득한 시간을 견딜 수 있겠느냐는 이야기. 요즘에는 모부가 나서서 학업 집중력을 높이기 위해 자녀를 병원에 데려가 ADHD(주의력결핍과잉행동장애)약을 받아 오는 경우도 많다는 이야기. 특히 ADHD 약의 남용 사례가 많다는 이야기를 나누었다. 또 주로 여성 청소년들이 복용하는 '다이어트 약'에 대한 이야기도 나왔다. 모든 약에는 부작용이 있다. 의료, 약물 접근성을 높이기 위해서는 정확한 정보를 제공받아야 하며, 필요할 때 적당한 약을 부작용 고지와 함께 고려해서 선택할 수 있어야 한다, 편견은 그 모든 접근성을 차단한다. 약을 먹더라도 그 약이 내 몸에 어떤 영향을 미치는지, 미칠 수 있는지 모르게 만든다. 편견과 무지, 고립, 위험은 다 긴밀하게 연결된 단어다.

세계가 입 다물면 우리가 입을 열면 된다. 요즘 나와 동료들은 서로의 식사를 챙기는 것처럼, 약은 먹었는지 챙긴다. 어떤 약을 먹는지 나눈다. 먹는 약이 겹칠 땐, 어떤 약이 부작용이 덜했고 더 효과적이었는지 정보를 공유한다. 사회가 가로막는 알 권리를 우리 몸이 통과한 경험으로 하나씩 쌓아 간다. 약이 모든 아픔을 해결하는 것도 아니고, 우리를 아프게 하는 다양한 사회적 문제를 해결하지 않으면 결국 밑 빠진 독에 물 붓기 아니냐고 회의하면서도, 더 나은 의료 접근성을 위해 무엇이 필요한지 머리를 맞댄다. 떠들어야 열리는 문이 있다. 비밀일 필요 없고, 비밀이어서는 안 되는 비밀들. 그 비밀이 누구를 위협하는지 알아차릴 때마다 자세를 바로 한다. 라운드 숄더(안으로 말린 어깨)가 꼭 비밀을 간직해 온 몸의 역사 같아서 어깨에 힘을 풀고 가슴을 연다.

19금 딱지가
우리를 지켜 준다는
거짓말

나는 파워 유성애자다(성적 끌림을 느끼는 사람을 뜻하는 '유성애자'에 power가 붙으면 '엄청나게 성적 욕구가 높은 존재'가 된다). 사촌들과 드라큘라놀이를 하면서 서로의 몸을 더듬을 때 느껴지던 묘한 흥분을 즐기던 어린이는 야한 영상을 넋 놓고 바라보다가 직접 실천하려고 몸을 던지는 청소년이 되었고, 그 성실함을 안은 채 지금이 되었다. 시간과 경험의 축적과 함께 내 성性 대본에는 '내' 욕구가 차곡차곡 쌓였다. 나는 때로 거친 애무를 원해. 보통은 부드럽게 등과 어깨를 쓰다듬어 주길 바라. 나를 만지기 전에 손을 깨끗하게 닦으면 좋겠어. 콘돔은 필수인 거 알지? 키스했다고 무조건 성기 결합을 해야 하는 건 아니야. 내가 너의 사정을 책임질 의무는 없어. 널 원해. 이건 원하지 않아. 이런 대사들이 생기기 전까지, 내 성 대본에는 오로지 두 단어만 있었다. '부끄러워.' '몰라.'

몰라. 나는 성적 에너지만 많았지, 정말 몰랐다. 어떤 걸 바라고 어떤 걸 싫어하는지. 내가 상대에게 다른 이야기를 꺼낼 수 있는지. 그런 건 하나도 모를 수밖에 없었다. 성적 욕망과 호기심이 넘치던 여성 청소년이었을 때, 가장 많이 들었던 말은 보통 협박이었으니까. '네 몸은 보물이야. 알지? 여자 몸 진짜 간수 잘해야 한다. 남자 조심해. 발랑 까지면 인생 나락 한 방이야.' 위압적인 '말씀' 속에서 내 언어는 빈약해졌다. 성적인 접촉을 원하는 나와 내 몸을 징그럽게 여기기도 했다. 그렇다고 가만히 있으라는 요구를 고분고분 따를 수는 없었다. 특히 여성 청소년이 순진하거나 다소곳하지 않으면 더럽다고 손가락질받는 세계에서, 모두가 쉬쉬했기에 위험한(위험해질 수밖에 없던) 모험을 나는 선택했다.

일기장에는 당시 내 심정이 고스란히 담겨 있다. 한 페이지를 넘기면 초코우유라는 별명을 가진 남자애의 정보가 나열되어 있고, 그가 나에게 어떻게 말했으며(너 나랑 사귈래?), 그 말이 얼마나 떨렸는지(심장이 두근두근), 내 손을 잡고 키스하던 순간이 기록되어 있다. 몇 장을 넘기면 갑자기 다른 남자애의 정보가 적혀 있다. 별명은 개구리, 나에게 '너는 포장지보다 내용물이 예뻐.'라고 말해 주었군. 나는 그 정보 밑에 하트를 그려 놓고 사랑한다고 크게 적었다. 몇 장을 넘기면 또 다른 남자애가 등장한다. 일기장 한 권에 도대체 몇 명이 등장하는 거야? 내 질문에 응답하듯, 어느 페이지에는 '상반기 결산'이라는 제목 아래 그해 상반기에 만난 남자애들의 이름, 나이, 특징, 나에게 준 것들, 별로였던 점 등이 일목요연하게 정리되어 있다. 역시 그때도 지금도 나는 취미가 사랑과 섹스다.

짝사랑을 넘어, 상호작용이 이뤄지던 첫 연애의 기억은 열다섯 살이다. 문어와 나는 인터넷 메신저로 만났고, 마침 같은 아파트에 살고 있었다. 문어는 교복 바지를 줄여 입고 가끔 담배를 피웠다. 일기장에 기록한 우리의 대화는 대략 이렇다.

- 야, 대지. (당시 문어는 나를 대지라고 불렀다)
- 왜, 이 문어야. 너 또 담배 피웠지?
- 그래. 그래서 뭐. 또 뽀뽀 안 해 주려고?
- 응, 안 해.

이러고서 한 시간 넘게 키스했다. 나는 열다섯에서 열여섯까지 문어를 만나며 몸을 탐구했다. 친구가 여자 친구를 임신시켜 임신중단 수술을 하기까지 우여곡절을 곁에서 지켜본 문어는 나와 성기 결합 섹스만은 하지 않으려 했다. 콘돔을 썼으면 좋았을 테지만, 그때 동네 슈퍼 사장님은 각 가정사를 대략 꿰뚫고 있는 이장 같은 존재였기에 콘돔을 살 생각은 하지 못했다. 대신 성기 결합을 뺀 대부분을 했다. 온종일 부드러운 혀를 섞는 것만으로도 기분이 좋다는 사실도, 상대가 내 몸을 만질 때 어딘가 불안하면서도 야릇하다는 사실도, 내가 상대의 몸을 만질 때는 즐겁지만 내 손을 자기 성기에 갖다 대면 영 별로라는 사실도 알게 되었다. 우리에겐 은밀한 공간이 없어 야외 스킨십이 불가피했는데, 아파트 구석진 벤치나 아파트 옥상, 계단이 주된 장소였다.

19세 관람 불가. 빨간 딱지는 자극적이어서 호기심을 일으킨다. 불허의 세계는 나를 유혹했고, 나는 어느 날 바닥에 엎드려 몸을 문대다가 발견한 새로운 쾌감이 오르가슴이라는 사실을 알게 되었다. 이렇게 좋은데, 타인과 몸을 맞대면 얼마나 더 좋을지 기대되었다. 알고 싶었다. 그 순수한 호기심은 비슷한 이유로 삐걱대곤 했다. 실오라기 하나 없이 몸을 비비는 그 따뜻하고 짜릿한 순간에 내가 죄책감과 수치심을 함께 비비고 있었다는 사실을 문어는 잘 몰랐을 거다. 임신을 중단한 문어 친구의 여자 친구가 학교에서 '걸레'라고 불리고 있다는 사실과 그게 나에게 은근하고 예리한 위협이 되고 있다는 사실도 문어는 모를 이야기다. 대범하게 탐구하는 것처럼 보였어도, 오랫동안 교회와 학교, 가족에게 들어온 협박은 찐득하게 몸을 감쌌다. "여자애가 몸 관리 잘해야 한다. 안 그러면 더러운 거야. 너도 그렇게 되고 싶어?" 겁이 나고 수치심에 몸을 웅크리면서도, 나는 내 안에 있는 에너지를 모르는 체하고 싶지 않았다. 불허 위에 올라탄 호기심의 아슬아슬한 줄타기가 이어졌다.

청소년의 성적자기결정권. 이 단어는 나를 복잡하게 만든다. 마치 성인이 되면 성적자기결정권이 딱 주어지는 것처럼 여기는 나이 중심의 게으른 구분이 불편하지만, 그렇다고 청소년 때의 섹스와 지금의 섹스가 동일한 무게라고 말하기에도 무언가 찜찜하다 느끼기 때문이다. 내가 경험했던 것처럼, 모두가 안 된다고 금지하던 시절 감행한 섹스는 점점 위험해졌다. 돌이켜 보면, 금기였으므로 터놓고 말할 수 없었고, 제대로 배울 수 없었고, 혼자 간직해야 할 비밀은 늘어 갔다. 섹스한 걸로 나를 협박하는 애도 있었으며(분명 그 애도 함께했는데, 여자인 나만 걸레로 낙인찍히는 상황), 비위생적인 공간에서 노출된 내 몸의 연약한 부분은 항상 염증에 시달렸고(질염에 대한 이해가 낮았던 우리는 불쾌한 냄새가 당연한 건 줄 알았다.), 피임에 대한 정확한 지식과 실천도 부재했고, 내가 무엇을 원하는지 탐구할 새 없이 야한 영상에서 본 대로 몸을 맡긴 일도 나를 위험으로 몰고 갔다.

여성 청소년에서 여성 어른이 된 후, 그나마 전보

다 덜 위험한 공간(자취방이나 숙박업소 등)에서 섹스할 수 있다는 점을 제외하곤, 변화된 점을 자문하면 얕은 한숨이 흘러나온다. 흐음. 각종 이유를 붙이며 콘돔을 안 쓰려는 남자는 여전히 많았고, 임신 테스트기 앞에서 혼자 마음 졸이는 날도 여전했다. 내가 뭘 원하는지 상대방도, 나도, 아무도 궁금해하지 않은 점도 비슷했다. "네가 좋아야 나도 좋아."라고 달콤하게 속삭이면서도 사정 중심 섹스에 집착하는 모습도 변함없었다. 나의 섹스는 어느새 그의 섹스가 되어 나는 익숙한 영상만 흉내 내는 사람이 되어 있었다.

　나처럼 청소년부터 탐구를 이어 왔던 사람과 어른이 되어 탐구를 시작한 사람은 다른 경로를 거칠까? 야한 영상 하나도 보지 않았던 친구는 대학에 들어가 술맛을 알았다. 친구는 다음 날 눈을 떠 보니 모텔이었다며 임신을 걱정했다. 20대 초반, 이런 일은 흔하게 일어났고, 우리는 나중에야 상대가 정신이 없는 와중에 섹스를 시도하는 일이 강간이라는 사실을 알게 되었다. 어른이 되어 첫 연애 상대와 섹스한 친구는 하얀 이불과 붉은 장미꽃이 준비된 '이상적인' 밤을 보냈다. 다음 날 친구는 이 섹스가 정말 자기가 원해서 한 게 맞는지, 애인이 원해서 해준 건지 헷갈린다고 했다. 강간과 동의 사이에는 생각보다 복잡한 선들이 얼기설기 얽혀 있었다.

그러니까 우리는 성적인 부분에 대해 아무것도 모르는 상태로 보호만 받다가, 어느 날 갑자기 이제 너의 권리를 행사하라고 떠밀리게 된다. 무엇이 폭력이고, 무엇이 동의인지 헷갈리는 채로 던져진다. 호기심을 지식과 경험으로 채우는 법을 차단하고, 성적 주체성을 단지 나이로 허락하는 방식은 무책임하다. 무균실에서 벗어난 청소년은 불량하고 더럽다고 낙인찍어, 누구에게도 도움받지 못하게 만드는 방식도 마찬가지다. 성적자기결정권. '권리'라는 단어가 들어가면 굉장한 무언가를 선언해야 할 것만 같은데, 그것은 아주 사소해 보이는 일들 속에 스며 있다.

30대 초반, 한 사람을 만났다. 그는 나를 만지기 전이면 꼭 손을 씻고 왔다. 하루는 내가 물었다. "금방 샤워했잖아?" "응, 그렇지만 핸드폰 만졌잖아. 너 만지기 전에 당연히 씻어야지." 그는 씻은 손으로 내 등을 천천히 쓰다듬었고, 나는 울음을 터뜨렸다.

이렇게 존중받으면서 섹스할 수 있다는 걸 나 여태 몰랐어.

비로소 성적 탐구 2막이 시작되었다. 우리는 무지한 상태로 얼마나 비위생적인 섹스를 해 왔는가. 손을 씻는 행위는 존중받는 느낌으로 이어졌고, 나는 그 존중 속에서 섹스에 대한 상상력을 넓혀 갔다. 내가 어떤 상황에서 무엇을 하길 좋아하는지 하나 씩 찾았다. 나는 성기 결합 섹스도 좋아하지만, 그 밖의 접촉을 더 좋아할 때가 많다. 상대가 내 머리 카락을 정성스럽게 쓰다듬거나 어깨를 동글려 만 지는 감촉을 좋아한다. 나의 선호를 차츰 알아 가면 서, 상대에게 내가 원하는 걸 분명하게 말할 수 있 게 되었다. 단지 분위기에 몸을 맡기는 방식이 아니 라 내가 이 상황을 원하는지, 그가 내 가슴을 만지 길 원하는지 아니면 허벅지까지만 만지길 원하는지 초 단위로 알아차리고 느낄 수 있다. 그리고 표현할 수 있다. 나는 적극적으로 동의할 수도, 적극적으로 거절할 수도 있다. 내 거절을 기분 나빠하거나 무시 한다면 그것은 폭력이다. 뉘앙스와 분위기로 범벅 된 성적 세계에서 내 것을 찾기까지 너무 오랜 시간 이 걸렸다.

그래서, 이제 당신은 안전하고 즐거운 섹스를 즐기고 있습니까?

누군가 묻는다면, 선뜻 답하기 망설여진다. 아직도 적극적인 거절 대신 희미한 동의(분위기나 상황에 이끌려 그냥 흘러가게 두는)를 선택하기도 하며, 이 사람은 안전하겠다 싶어 골랐다가 돌변하는 모습에 상처받기도 한다. 타자와의 접촉은 어떤 식으로든 나에게 흠집을 남긴다. 내가 예상하고 원하는 흠집도 있고, 예상하지 못한 채 상처로 다가오는 흠집도 있다. 나는 대체로 주체적인 섹스를 즐기지 못하지만, 그렇다고 항상 수동적으로 섹스하는 것도 아니다. 주체와 객체 사이를 줄타기하듯 오가며 내 성적 욕망을 탐구한다. 그래서 나는 청소년의 섹스를 특별한 일로 바라보는 시선을 거두고 싶다. 특별하거나 특이한 일로 만드는 낙인은 꼭 필요한 목소리를 자꾸 지운다. 특히 여성 청소년의 성을 떠올릴 때,

무조건 피해자로 보거나 발랑 까진 존재로 보거나 아무것도 모르는 존재로 가두는 간단한 수식을 지우고 싶다. '우리 청소년들이 안전해지길 바란다.'고 말하는 사람에게, 안전함의 기준을 묻고 싶다. 성차별적인 이 세계에서, 섹스만은 평등할 수 있나? 온전히 평등해질 때까지 섹스를 금기해야 하나?

섹스는 관계, 과정, 대화다. 의사소통을 통해 자신이 원하는 걸 찾아가고, 상대에게 '아니'라고 말할 수 있는 과정이, 더 많은 기회가 필요하다. 시행착오를 통해 알아 갈 기회가 필요하다. 누구나 조금 망한 섹스를 할 수도 있고, 별로인 섹스를 할 수도 있다. 폭력과 망한 섹스는 한 끗 차이지만, 분명 차이는 있다. 그 실패의 경험을 쌓아 우리는 소통할 내용을 만들어 가고, 소통하는 방식을 익힐 수 있다. 나는 섹스하는 청소년들에게 '내 몸을 존중하는 섹스의 경험을 계속 쌓아 가면 좋겠다.'고 조심스레

전하고 싶으면서도, 폭력이라고 느끼면 언제든 누
군가에게 도움을 청하라고 전하고 싶다. 당신의 감
각을 존중하라고 말하고 싶다. 조금은 찜찜하고 구
린 섹스를 해도 괜찮다고도 말하고 싶다. 그 섹스
가 너의 존재를 한순간에 망치거나 영원히 나락으
로 빠트리지 않을 거라고도 말하고 싶다. 누군가 너
의 몸을 욕망할 때, 비어 있는 인정 욕구가 잠시 채
워지는 경험도 그럴 수 있다고 말하고 싶다. 설사
왜곡된 인정 욕구라고 해도, 그걸 시작으로 다양한
방식으로 그 빈 부분을 채울 수 있을 거라고 전하고
싶다. 섹스를 떠올릴 때 금기 혹은 피해나 가해 구
분에만 얽매이지 않아도 되며, 다양한 감정과 경험
을 통해 좋아하는 게 무엇인지 계속 탐구하라고 전
하고 싶다.

엉망진창이어도 괜찮다. 세상에 완전히 안전한
섹스는 없다. 우리는 그것을 지향하지만, 아직 세상

이 불평등한데 어쩌겠나. 나는 파워 유성애자 여성 청소년이었던 나에게 전하고 싶은 편지를 쓰고 있다. 들끓는 호기심만큼 끔찍하게 나를 증오했던 나에게 좋았던 기억을 죄책감과 수치심으로 덮지 않아도 되고, 네가 무슨 일을 겪어도 그건 너의 잘못이 아니며, 힘든 일을 겪었을 땐 꼭 누군가에게 상담하고 의논할 수 있길 바란다고 쓴다. 그리고 내가 쓴 문장을 다시 읽는다. 너의 호기심과 욕망은 또 하나의 생의 에너지일 뿐이라고 쓰고, 읽는다. 너무 오랜 금기의 역사에서 벗어나는 법은 다른 이야기를 더 많이 읽는 것. 벗은 몸을 새로운 언어로 감싸는 것이다.

+ 유성애자가 있으면, 무성애자도 있다.

++ 이 글은 당시 자신이 이성애자라고 믿었던 지난 경험에 한정되어 있다.

+++ 2024년, 경기도교육청은 각 학교에서 5,857건의 도서에 대해 폐기 혹은 열람 제한 조치를 취했다. 대부분의 책이 성평등, 성적자기결정권, 성소수자 등 다양성과 관련한 내용이었고, 그중에는 2024년 노벨문학상 수상 작가 한강의 《채식주의자》도 포함되었다. 금지된 책들은 '청소년 성 유해 도서'로 호명되었다. 현실에서 접하기 어려운 꼭 필요한 이야기를 학교가 차단한 것이다. 청소년에게도 읽을 권리, 알권리가 있다. 금서를 먼저 찾아 읽는 발칙한 반란을 추천합니다.

사회는
다 그렇다는
거짓말

오리온자리. 백조자리. 북두칠성. 고개를 들어 별자리를 찾는다. 밤이면 하늘의 별을 이어 보는 건 청소년 때부터 이어진 습관이다. 집에 들어가기는 싫은데 마땅히 갈 곳도 없던 그때, 외면했던 집안 문제와 미래에 대한 불안으로 조용히 무너지는 날이면 밤하늘을 보았다. 하늘을 보면 시간이 흘렀다. 저녁과 함께 찾아오는 현실의 어둠을 잊는 나만의 의식이었다.

어젯밤에도 별을 보며 생각했다. 그때와 지금 무엇이 달라졌을까? 특별한 변화를 발견할 수 없었다. 여전히 먹고사는 일 앞에서 우왕좌왕하고, 가족 문제에 무기력하고, 관계에서 상처를 주고받으며,

자주 후회한다. 나이와 지혜가 비례한다는 거짓말에 속지 않게 된 게 그나마 변한 점일지도 모르겠다고 생각했다. 오늘도 하늘에서 오리온자리를 발견했다. 별 세 개가 나란히 빛나고, 양쪽에 별 두 개가 균형을 맞추는 오리온자리. 그때도 지금도 나는 이 빛나는 별자리를 발견할 때면 안심한다. 나는 기대했던 거다. 이곳이 전부가 아니야. 어린 왕자가 여러 행성을 여행하듯, 여기가 아닌 다른 곳이 있기를 조용히 기도하는 마음이었다.

집과 학교, 거리에 주어진 작은 면적만이 내 세계의 전부라고 믿었던 시기가 있다. 사회는 다 그런 거라는 말, 내가 할 수 있는 일은 주어진 사회에 적응하거나 낙오되거나 둘 중 하나라는 말. 그게 정말일까 봐 아득해지던 마음. 그 말이 아직 다른 행성을 발견하지 못한 슬픈 사람의 메아리라는 사실을 그때는 몰랐다. 별자리를 발견하고 바라보던 마음으로, 그간 내가 만난 다른 행성들을 떠올린다.

친구친구 행성

누군가 어린 시절 친구야말로 이해관계 없이 만나는 '진짜 친구'라고 말할 때면, 나는 궁금하다. 정말 그 관계에는 이해관계가 없었나? 외모, 성적, 사는 곳 등을 이유로 우리는 친구를 선택했고, 누군가 같은 이유로 탈락하기도 했다. 자기가 좋아하는 오빠가 나에게 관심을 보였다는 이유로 3년 내내 나를 미워하며 이간질하던 유니를 떠올린다. 유니는 초등학교 5학년부터 가깝게 지낸 친구였는데, 어느 날 나를 괴롭히는 사람이 되었다. 유니와 잘 지내고 싶어 나 자신을 고치려 노력했지만, 아무리 생각해도 고칠 부분을 찾지 못했다. 이유 없이 미움받을 수도, 사랑받을 수도 있다는 사실을 그때는 몰랐다.

학창 시절 교우 관계가 삐그덕대면서, 나는 내가 어딘가 잘못된 사람이라고 믿었다. 학교에서의 집단생활이 내 사회성을 판단하는 전부라고 믿었으니까. 그 시절이 지나면 친구를 만날 수 없다고 믿었으니까. 지금 나에게는 어린이, 청소년 시절 친구가 거의 없다. 내가 신뢰하고 아끼는 친구들은 대부분 스물, 서른 이후 만난 인연이다. 동창회는 한 번도 가 본 적이 없다. 나에게 동창회란 학창 시절이 그나마 즐거운 추억으로 남은 사람이거나, 인맥을 통해 무언가 얻고자 하는 사람이거나, 전학 같은 변수 없이 한동네에 오래 머물 수 있었던 사람에게 허락된 사교의 장이다.

지난 연말에는 나이도 직업도 사는 곳도 모두 다른 동료들과 함께 케이크에 촛불을 붙이며 여섯 시간 내내 떠들었다. 함께 글을 쓰며 깊이 가까워진 친구들이다. '우리 친구 하자.'는 제안은 서른, 마흔, 쉰이 넘어서도 가능하다. 그러니까 학창 시절 교우 관계는 나를 거치는 수많은 관계 중 하나일 뿐. 하물며 서로 사이좋게 지내라고 말하는 선생님도 교무실이나 가정, 여러 관계에서 모두와 친밀하지 않으며, 미워하는 이가 있을 텐데. 관계에 너무 많은 의미를 부여하고 모두와 친해지려 할수록 그 시절은 너무 큰 의미로 남는다. 청소년이니까 유독 모두와 친하게 지내야 한다는 모호한 '사회성' 타령에 속을 필요는 없다. 서로의 연약한 면을 존중하며 친밀감을 나누는 '돌봄'의 능력을 키워 나가는 일이 관계 맺기에 더 중요하다는 사실을 진작 알았다면 좋았을 거다. 그럼 미움받는 일을 다 내 탓으로 돌리며 자책하던 시간이 줄었겠지. 누군가에게 미움을 받는다고 내 삶이 무너지지 않는다는 걸 이제는 안다. (그래도 나는 여전히 미움받기 무섭고 싫은데, 다행히 시간은 흐르고 두려움은 무뎌진다. 사실은 내가 먼저 그를 미워했다는 걸 깨닫기도 한다.)

등급 없는 행성

중간고사가 끝난 뒤, 교실 뒤편에 붙은 종이에

서 숫자와 이름을 발견했던 날을 기억한다. 전교생 368명 중 내 이름은 43번째에 있었다. 좋아하는 친구들은 각각 10등, 280등이었다. 처음으로 숫자가 내게 새겨지는 느낌이 흥분되고 두려웠다. 숫자를 의식한 뒤로 시간이 삐걱대기 시작했다. 지금 내가 놀면 저 숫자가 더 커질까? 이 페이지를 그냥 지나치면 내 이름 옆에 어떤 숫자가 기록될까?

어느 날부터 수준별 수업이 생겼다. A반은 우등반, B반은 보통반, C반은 열등반이라고 했다. 나는 시기마다 B반에서 A반으로, C반으로 이동했다. 등급에 익숙해지면서 내 석차를 더 높이려고 애쓰던 날들이 나에겐 가장 끔찍한 시간이었다. 시험과 성적표가 없는 행성이 있다는 사실을 그때 알았다면 조금은 위안이 되었을까. 우리에게는 등급이 필요하지 않다는 사실을 알았다면 말이다.

우주의 어린 시절 일기장에는 시험과 성적 이야기만 가득하다. '시험 점수가 잘 나오지 않았다. 부모님께 죄송하다.' 어린이 우주, 청소년 우주는 시험을 중심으로 매일을 살았고, 설사 전교 1등을 해도 불안해하며 자책한다. 전국 1등이 아니었으니까. 더 잘하지 못해 모두에게 죄송하다며 조용히 죄책감을 키웠다. 우주는 수능을 세 번 보고 이름 있는 대학에 갔다. 그때까지도 우주는 몰랐다고 한다. 성적표가 그저 종이 한 장에 지나지 않는 세계가 지구에 존재한다는 사실을.

우리가 사는 지구에는 정말 다양한 소행성이 있다. 성적이나 학력을 하나도 궁금해하지 않는 집단이 있고, 그중 하나가 나와 우주가 속한 공동체다. 중학교만 졸업하고 제도권을 벗어난 친구, 검정고시를 본 친구, 비수도권 지역에서 대학을 나온 친구 등 다양한 배경의 친구들이 그곳에 있다. 사실 서로의 학력도 어쩌다 알게 된 사실이지, 그런 정보는 누구도 궁금해하지 않는다. 우리는 다른 방식으로 서로를 궁금해한다. "너에게 영향을 준 존재는 누구

야?" "네 세계를 무너뜨린 인연이나 책이 있어?" "넌
어쩌다가 지금의 네가 되었어?" 이런 궁금증을 가
진 친구들 속에서 우주의 학벌은 때로 놀림거리가
되기도 한다. "우와아, 가방끈 길다아."

등급에 저항하는 소행성은 원래도 있었고, 점점
많아지고 있다. 우리가 함께 그곳을 만들어 갈 수도
있다. 오늘도 그 행성은 소란하다. 서로 어깨를 맞
대어 글을 쓰고 음악 듣고 농담하며 하루를 보낸다.
누군가 묻는다. "우리 이따가 뭐 먹을까?"

외모 까먹기 행성

내 몸이 '보이는' 몸이 된 건 언제부터였을까. '보
인다'는 건 결국 타자가 있어야 가능한 일. '너 눈이
느끼하게 생겼다.' 혹은 '눈이 예쁘다.' 같은 말을 접
했을 때부터 보이는 나를 의식했다. 청소년인 나는
예뻐지고 싶었다. 고데기로 머리카락을 돌돌 말았

고, 눈꺼풀과 입술에 색을 발랐다. '너무 어른처럼 꾸미면 징그럽다. 너희 나이가 제일 예쁠 때다.'라는 말은 다른 버전의 같은 압박이었다. '꾸미지 않아도 예쁜 청초한 10대'라는 말에는 또 다른 예쁨의 기준이 묻어 있다. 그런 말 대신, 다른 이야기를 들려줬다면 어땠을까.

내 이마가 푹 파인 M자여도 누구도 신경 쓰지 않고, 가끔 새빨간 립스틱을 바르고 아이라인을 짙게 그려도 그게 무슨 꼴이냐고 따지지 않고, 화장하지 않아도 '누구세요?' 묻지 않는 행성이 있다. 화장이나 옷차림, 피부에 난 뾰루지 등에 관심 없는 행성. 외모도 자본이고 능력이라는 말이 힘을 잃는 관계망. 그곳에서 나는 온통 내 몸에 쏠려 있던 관심을 당신에게 옮긴다. 당신의 이야기. 말의 리듬. 어떤 이야기를 꺼낼 때 흔들리는 눈동자와 집중할 때 올라가는 눈썹으로. 이 행성에서 '아름답다'라는 말은 오랜 시간 서로 발견하는 과정형 형용사다.

물음표 행성

 여자는 남자를 잘 만나야 팔자가 핀다는 철 지난 이야기가 제철인 것처럼 말하는 행성에서 나는 자랐다. 나에게 입력되는 문장을 새기는 법만 알았지, 의심하고 질문하는 법은 몰랐다. 그런 '말씀'에 갸우뚱 의심을 품고 "왜?"라고 질문해 보았더라면 어땠을까. 내 주위를 둘러싼 모든 것이 질문의 대상이 된다. 사랑과 연애와 결혼, 노동과 돈, 행복 등. 그랬다면, 나는 제일 먼저 내가 이성애자인지부터 질문했을 거다. 나는 서른이 넘어 여자 친구를 사귀었고, 그와 깊은 사랑과 교감을 나눴다. 만약 이 가능성을 미리 알았더라면, 청소년인 내가 유난히 마음을 쏟았던 친구에게 느끼던 감정을 애써 가볍게 여기려 하지 않았을 거다. 내가 상대의 성별과 관계없이 캐릭터와 서사에 끌리는 사람이라는 사실을 일찌감치 알았다면 내 연애사는 또 다른 모습으로 다

채롭게 망하고 빛났겠지.

　세상이 내게 입력한 문장들에 물음표를 붙여 본다. 세상에는 남자와 여자만 있을까? 대학을 나오지 않으면 계속 낙오될까? 가족이 나를 가장 아끼는 관계일까? 아낀다는 게 뭘까? 통제하고 질문을 차단하는 관계라면, 그걸 사랑이라고 할 수 있나?

　질문이 나의 힘이라는 사실을 미리 알았다면, 나를 둘러싼 모든 일에 물음표 붙일 기회가 주어졌다면, 작은 행성 하나가 전부라고 믿으며 내 몸을 억지로 구겨 넣던 시간이 조금은 줄었을 거다. 나뿐 아니라 내 곁에 있는 동료도 몸을 구기고 있다는 사실을 알아차렸을 수도 있겠지. 성별 이분법으로 구분된 학교 공간과 시스템에서 소외된 몸, 이성애 중심 수업과 쉬는 시간 친구들과의 대화에서 침묵하던 몸, 아예 학교라는 문턱을 넘어올 수도 없던 몸. 다양한 방식으로 없던, 있을 수 없었던 몸들을 더 살필 수 있었을 거다. 중요한 건 계속 질문하는 일.

부재를 찾아내는 일. 이 관심이 나와 너를 다른 행성으로 이끌 거라는 믿음만 손에 꼭 쥐면 되었다.

요즘 별을 볼 때면 아직 내가 발견하지 못한 행성을 상상한다. 사회가 그리 단순한 평면이 아니라는 비밀을 체감한 뒤로 가능성을 상상하는 시간이 늘어났다. 나와 같은 고민을 안고 살아온 존재가 있다는 사실과 사회 곳곳에 무수한 행성이 있으며, 때로 필요한 행성을 만들어 갈 수 있다는 사실을 아는 것만으로도 눈이 반짝인다. 망해 가는 세상에서 '나 어떻게 살지?'라는 질문을 '누구와 어떤 세계를 만들까?'로 바꾼다. 우리가 모인 곳이 결국 우리가 살아가는 현실이니까. 별을 보며, 지구별에 존재하는 수많은 행성을 생각한다. 아직 내가 발견하지 못한 행성이, 내가 아는 행성보다 훨씬 많을 거라는 사실은 절망스러운 지금을 버티게 해 주는 작은 빛이다. 고개를 들면 보이는 이토록 반짝이는 별빛이 있다.

지금이 가장
좋은 때라는
거짓말

서로의 어린 시절을 회상하며 대화하던 어느 여름, 동료 파랑이 물었다.

"모두 각자의 고통이 있지만, 승은도 참 쉽지 않은 청소년기를 보냈잖아요. 그때 승은에게 힘이 되는 존재가 있었나요? 위안을 주던 존재, 어른이 있었나요?"

"와, 이런 질문은 처음이에요. 음. 그러게요. 누가 있었을까요?"

골똘히 생각했다. 아무 얼굴도 떠오르지 않았다. 잠시 망설이다가 파랑에게 아무래도 없었던 것 같다고 답했다. 말하는 동안 얼굴이 뜨거웠다. 억울함이었는지, 서글픔이었는지 모를 감정 탓이었을까.

이후에도 질문이 따라다녔다. 아무도 없었다면 그때 나는 누구에게 기댔지? 어디서 위로받았지? 여전히 기억나지 않았다. 다만 두 가지가 떠올랐다. 읽기와 일기.

어릴 때 살던 작은 아파트에는 높은 책장 세 개가 나란히 있었다. 작은 방 벽을 일렬로 채운 책장에는 아빠와 엄마의 책이 꽂혀 있었고, 소설, 수필, 역사서 등 여러 장르가 뒤섞여 있었다. 심심할 때면 책장 앞을 두리번거리며 책을 뽑아 감촉을 느꼈다. 무슨 내용인지 하나도 모른 채 책을 훑어보는 건 나만의 작은 의식이었다. 오래된 책의 구수하고 쿰쿰한 냄새. 마른 귤껍질 색으로 변한 종이. 거친 질감. 책의 물성은 내 손가락에 익숙한 촉감 중 하나다. 어떤 날에는 책에서 아빠의 밑줄을 발견하고, 엄마의 메모를 발견했다. 평소에는 상상할 수 없던 아빠의 부드러운 물결 밑줄, 엄마의 다부진 글자들을 볼 때면 기분이 이상했다. 그런 날이면 잠시나마 그들을 이해할 수 있을 것 같았다. 표지를 만지다가 종이를 만지다가 글자를 만지고. 이내 만지던 글자를 읽기 시작했다. 그렇게 책과 가까워졌다. 내용은 떠오르지 않지만, 문장을 따라가며 막연하게 생각했다. 책을 쓰는 사람은 분명히 대단하겠지? 이 사람은 어떻게 책까지 쓰는 어른이 되었을까? 어떻게 힘든 시기를 견뎠을까?

하늘이 어두워질 때면 책상에 앉아 일기를 썼다. 오후 3시가 넘으면 마음에도 조금씩 그늘이 드리운다. 밤이 되면 어둠은 나를 삼킨다. 저녁이면 밀려오는 생각을 멈추고 일찍 자는 편이 나에게 맞는다는 걸 알기에 요즘에 나는 최대한 밤 10시 전에 자려 한다. 기상 시간은 새벽 4시. 해와 함께 마음에 볕이 들고 지는 사람은 그에 맞춰 시간을 살아가는 법을 익히게 된다.

열다섯 나는 나에게 맞는 시간대로 사는 법을 몰랐으므로, 맞은편 아파트의 창문들이 서서히 어두워져 밝은 창문이 한두 개 남을 때까지 책상 앞을 지켰다. 어지러운 마음으로는 책을 읽기 어려워 일기를 쓰며 시간을 보냈다. 일상, 친구 이야기, 엄마를 향한 그리움과 분노와 슬픔, 알 수 없는 괴로움과 외로움, 앞으로 살고 싶은 모습. 그런 것들을 마음껏 쓰고 그렸다.

뉴스에서는 일하다가, 이별하다가, 이동하다가, 그저 살아가다가 죽거나 다친 누군가의 소식이 흘렀다. 학대로 죽은 어린이와 자살한 청소년의 기사도 목격했다. 화가 났다. 슬펐다. 누구의 잘못인지 모르겠는데, 다 잘못되었다고 느꼈다. 그런 날이면 종이를 찢을 듯한 기세로 벅벅 그었다. 눈물이 떨어지면 종이가 연하게 자글거리다가 나중에는 물결 모양으로 단단하게 굳는다는 사실도 알게 되었다.

글, 그림, 낙서를 남길 때마다 누가 훔쳐보진 않

을까 겁내면서도 잠시나마 살 것 같았다. 종이에 남긴 시커먼 감정을 볼 때면 우습게도 외롭지 않았다. 이런 감정들과 내가 함께 있다는 것, 어두움을 내가 만질 수 있다는 사실이 위안이었다. 유치원 때부터 20대까지 쓴 종이 일기장 수십 권은 나의 일부인 듯 집 한구석을 차지하고 있다.

여전히 나는 책과 일기와 가깝게 지낸다. 모부에게서 떨어져 나와 나만의 둥지를 꾸린 지금, 거실에는 기억 속 책장보다 큰 책장 다섯 개가 벽면을 채우고 있다. 책장 안에는 함께 사는 식구들과 내가 고른 각자의 취향이 담긴 책이 꽂혀 있다. 내 방은 침대와 책상, 옷장만으로도 이미 비좁은데, 자주 읽는 책을 손 닿는 곳에 두고 싶어 기어코 아홉 칸 책장도 침대 옆에 욱여넣었다. 올해 초에는 날아오르는 새가 새겨진 종이 일기장을 구했다. 언제부턴가 노트북과 핸드폰으로 간단하게 써 왔던 일기를 다시 손으로 쓰기 시작했다. 오늘도 아침에 일어나 책장을 주르륵 훑고, 책 한 권을 꺼냈다. 종이를 펼쳐 이미 내가 밑줄 그은 문장을 다시 읽었다.

어머니는 자신의 일기장을 나에게 남겼고, 모든 일기장이 비어 있었다. 어머니가 그 일기장이 누군가에게 읽히기를 바랐다고 믿는다. 이제 나는 그 일기장을 어떻게 읽을 것인가?

테리 템페스트 윌리엄스의 《빈 일기》를 처음 읽을 때, 나는 초반부터 푹 빠졌다. 책은 작가의 어머니가 남긴 유언에서 시작한다. "네게 내 일기장을 모두 남길게. 하지만 약속해야 해. 내가 가기 전까지는 일기장을 보지 않을 거라고 말야." 어머니의 임종 후 작가는 오래된 일기장 더미를 찾아낸다. 조심스럽게 한 권씩 뽑아 페이지를 넘긴다. 그런데 보이는 건 빈 종이뿐이다. 아무것도 쓰이지 않은 백지. 어머니의 일기장은 백지였다. 당황한 작가는 다른 일기장도 펼쳐 보지만, 역시 백지다. 작가는 엄마의 빈 일기장 앞에서 잠시 방황하며 슬퍼한다. 마치 엄마를 두 번 잃는 슬픔과 같은 기분으로. 그 뒤 글을 쓴다. 기억 속 어머니의 모습, 그녀와의 추억과 그녀의 허기, 그녀를 닮은 자신의 허기를 써 나간다. 어머니의 긍지와 닮은 자신의 긍지를 적는다. 작가는 지금 쓰는 글은 어머니의 빈 일기장을 채우는 일과도 같다고 쓴다. 결코 어머니의 모든 걸 읽을 수 없을 테지만, 빈 일기장을 채우며 그 과정에서 어떤 진실들을 찾아가는 중이라며 계속 쓰기를 포기하지 않는다.

어머니는 왜 일기장에 아무것도 남기지 않았을까? 나는 아빠와 엄마가 남긴 책 속의 흔적을 떠올린다. 두 사람이 남기지 못한 이야기를 가늠한다. 군무원이었던 아빠의 원래 꿈은 작은 책방을 운영하는 책방지기였다. 엄마는 간호사가 되어 사람들을 살리는 일을 하고 싶었다고 했다. 그런 두 사람이 함께 살며 경험한 지독한 가난과 고통을 떠올린다. 소소하게 무난한 날들 사이에 드리웠던 돈과 집착과 통제, 폭력 속 괴로움들을. 두 사람은 그런 이야기를 어디에도 남기지 않았다. 그들의 일기장도 비어 있다.

유치원 때부터 쭉 써 온 내 일기장을 떠올린다. 그 일기장에도 쓰지 못했던 이야기를 떠올린다. 따돌림당할 때 느낀 수치심은 차마 쓰지 못했다. 나를 잘 모르는 친구의 친구가 나를 스치며 "아, 존나 깝쳐" 말하던 순간, 따지지 못하고 붉어진 고개를 숙인 나, 인기 있는 친구를 시기하며 '걔는 꼭 마담 같다.'고 일기에 쓴 내용을 그 친구가 우연히 본 하굣길, 내가 쓴 글이 너무 부끄럽고 죄스러웠던 밤, 헤어진 남자 친구의 또래 무리에서 내가 '나쁜 년, 쉬운 애'로 불린다는 소문. 그런 이야기들은 차마 일기장에 쓰지 못했다. 외면하며 지우려 했지만, 그렇다고 없는 일이 되는 건 아니었다. 쓰지 못한 일기는 차곡차곡 마음에 새겨졌다. 다시 일기장을 본다. 뭉뚝하게 세상을 욕하고 스스로를 욕하는 일기장 속에서 내가 꺼내지 못한 이야기를 발견한다. 빈 일기. 어느 날 차마 쓰지 못한 이야기를 다시 써 보려고 용기 내서 노트북 앞에 앉았던 시간을 떠올린다. 내 글쓰기는 내가 쓰지 못한 이야기 사이에서 시작한다. 작가처럼, 어쩌면 작가의 어머니처럼, 기록과 백지 사이에서 나의 쓰기도 시작되었다.

쓰는 사람은 빈 페이지를 참지 못하는 사람. 차마 전하지 못한 이야기가 계속 밟히는 사람. 그건 어머니의 빈 일기일 수도, 자신의 일기일 수도, 신문 부고란에서 마주한 낯선 고인의 이야기일 수도 있다. 결코 모든 걸 말할 수 없다는 한계를 알면서도, 쓰지 못한 이야기가 자꾸만 맴도는 사람들. 어머니가 읽어 주길 바란 빈 일기 앞에서 슬퍼하고 헤매다가,

그녀의 존재를 등에 업고 글을 쓰고, 그녀의 이야기가 고립되지 않길 바라며 적극적으로 글을 발신하는 일. 그 마음으로 쓰인 글에서는 진한 냄새가 난다. 깊은 다정 냄새. 눈물 냄새. 허투루 쓰지 않으려고 단어 하나, 조사 하나 고르고 골라 쓰는 사람의 진심을 책에서 느낀다. 애쓰는 글자들.

그리고 나는 이야기가 나를 살린 날들을 떠올려 버렸다.

열일곱, 우연히 서점에서 하얀 표지에 초록 글씨로 제목이 쓰인 책을 발견했다. 제목과 저자는 떠오르지 않지만, 청소년과 글쓰기 수업을 하는 외국 저자의 경험담과 생각을 풀어낸 책이라는 건 기억한다. 무심코 읽던 중, 나는 어떤 문장 앞에서 숨을 잠시 멈춘다. '누가 나에게 학창 시절로 돌아가고 싶은지 묻는다면 나는 장담컨대 아니라고 답할 거다. 내 인생은 10대보다 20대가, 20대보다 30대가, 30대보다 40대가 훨씬 안정적이었으며, 10대가 최악의 시기였다고 단호하게 말할 수 있다. 10대는 나에게 재앙이었다. 나뿐 아니라 친구들에게도. 우리에게는 제약이 많았다. 모든 게 혼란스럽고 아무런 선택권도 없었는데, 우리 빼고 주위 어른 모두가 선택권을 가진 것처럼 보였다.' 정확하게 인용하기 어렵기에 위의 문장은 기억 속 작가와 내가 협업한 문장이다. 10대가 가장 좋은 때라는 말, 나이가 들수록 순수함과 낭만과 기회가 사라진다는 말을 철석같이 믿던 나에게 그것만이 진실이 아니라며 짱짱하게 남긴 글자는 얼마나 힘이 세던지.

'지금이 가장 행복할 때야. 순간을 소중하게 살자.' 같은 문장이 힘이 될 때도 있지만, 그 말이 더 막막하게 다가올 때도 있다. 나는 대체로 잔인하더라도 정확한 문장에서 선명한 위안을 받았다. '청소년의 위치, 단지 나이만으로 사회적 제약이 많은 위치. 많은 결정권과 주도권이 빼앗긴 위치. 그 위치에 있으면, 힘든 건 당연한 거 아닌가? 기후 위기도 심각하지, 정치도 엉망이지, 지구는 망해 가는데. 청소년 보고 미래의 희망이라느니 일꾼이라느니 하지. 밥벌이로 자꾸 협박하지. 내가 어떻게 괜찮을 수 있겠어?' 조금 더 나가면 이런 이야기도 가능하다. '사실 20대도 불안하고 힘들겠지. 30대가 되면 그래도 어떻게든 불안 속에서 균형을 잡는 법을 쪼금 익힐 수 있겠지. 40대에도 아주 쪼금 익히는 정도겠지. 그래도 불안하겠지. 그냥 우리는 계속 불안과 티격태격 동거하며 죽어 가는 중이지.'

그 책을 만난 뒤에 더 적극적으로 책을 찾으러 다녔다. 알지 못하는 이야기를 들려주는 책. 정직하게 절망하면서도 포기하지 않는 책. 만약 내가 살아남는다면 나를 살린 책의 저자처럼 다른 가능성을 이야기하는 어른이 되고 싶었다. 조금 불편하더라도,

진실을 가리키는 말과 글을 뱉고 싶었다. 정답이 아니라 계속 질문할 힘을 주는 글. 그래서 가끔은 오해받는 글.

정직하게 절망한 뒤에만 가능한 이야기가 있다고 믿는다. 폐허를 응시하라고 알려 준 리베카 솔닛과 불확실한 삶에서 상처는 필연적인 것이며, 슬픔은 제거의 대상이 아니라 세계를 똑바로 바라볼 힘을 주는 우리의 가능성이라고 쓴 주디스 버틀러 같은 작가들이 알려 준 절망의 가능성을 믿는다. 주변화된 삶을 생생하게 보여 준 이야기들도 만났다. 같은 하늘 아래, 다른 세계를 사는 나와 닮은 듯 다른 존재들의 이야기. '정상' 가족을 이탈해 자기만의 친밀성을 창조하고 이어 가는 사람들의 이야기, 시설 밖에서 장애인이 살아가는 이야기, 쿠팡 노동자, 톨게이트 노동자 등 다양한 현장에서 일하는 사람들 이야기, 이주 여성의 한국살이, 어린이와 청소년과 노인을 인터뷰하거나 그들이 직접 글을 써서 나이에 따른 차별을 정면으로 다루는 이야기. 다양한 생의 기쁨과 슬픔을 적은 이야기들 속에서 나는 내 존재가 그들과 긴밀하게 연결되어 있다는 사실을 조금씩 깨닫는다. 만약 그 이야기들을 만나지 못했더라면 나는 나만 힘들다고 여기거나, 나만 정신 차리고 살면 된다며 내 세계에 고립되었을 거다. 이야기는 잠시라도 나로부터 벗어날 기회를 준다. 세상에 나와 비슷한 존재가 있다는 사실과 다양한 존재의 삶이 내 삶과 어떻게 연결되고 만나는지 알게 된다. 단지 개개인의 불행이 아닌 불행을 만든 차별의 흔적들을 알아차린다면, 다른 이야기를 만들 수 있다. 나는 이 사실을 읽기, 일기, 쓰기를 통해 익혔다.

《빈 일기》에서 가장 인상적인 대화는 내 안에서 몇 번이고 메아리친다.

"우리는 여기에 왜 있는 걸까?"

"이야기가 계속 이어지게 하려고."

"이야기가 뭘까?"

"이야기는 생명이지."

계절이 몇 번 바뀌었다. 날이 따뜻해지면 파랑에게 커피 한잔 마시자며 데이트를 신청할 거다. 슬쩍 예전 대화를 언급하며, 그간 내가 고민한 이야기를 들려주고 싶다.

파랑, 저 그 질문이 계속 떠올랐어요. 생각해 보니 있었더라고요. 저에게 위안이었던, 저를 살려 준 무엇이요. 진부하게 들릴 수 있지만, 쓰기와 읽기였어요. 정리 강박이 있어서 저는 주기적으로 짐을 비우는데, 다른 건 다 정리해도 유일하게 일기장은 버리지 못했어요. 일기장 내용은 엉망진창인데, 어쩌면 저는 어둠과 구토로 가득한 이야기를 곁에 두고 싶었던 건지도 모르겠어요. 누구에게도 하지 못한 이야기를 표현할 수 있던 시간이 저를 위로했어요. 그리고 책을 쓴 수많은 저자가 가까이 있었어요. 주말이 되면 동네의 '태양책 서적'이나 춘천시립도서관에서 하루 종일 시간을 보냈어요. 꼬박 모은 용돈으로 책과 과자를 사서 집으로 돌아가는 길이 왜 그렇게 신났는지 생각해 보면, 새 친구를 만난다는 기대감 때문이었던 것 같아요. 아무도 해 주지 않는 이야기를 들려주는 친구는 정말 소중해요. 책은 힘들 때 저와 함께 울어 주거나, 분노에 언어를 주거나, 모든 걸 포기하고 싶을 때 시린 손을 잡아 주기도 했어요.

저는 당시 그 책을 쓴 이들이 멀리 있는 별 같다고 느꼈는데, 사실 그들도 똑같이 슬프고 화나고 외롭고 어떻게 살아야 할지 몰라서 글을 썼다는 걸 알게 됐어요. 그들에게도 낙서와 욕으로 가득한 일기장이 있겠죠? 그 일기장을 바라보다가 과거의 자신에게, 또 자기와 비슷한 상황에 있는 누군가에게 편

지 쓰는 마음으로 빈 종이를 채워 나갔겠죠? 지금
의 저처럼요. 이야기는 이어지는 생명이니까요.

명주에게

명주야, 혹시 기억해? 중학교 2학년 때 우리가 함께
한 과학 실습 시간. 과학실에는 여덟 명이 둘러앉을
수 있는 큰 테이블 여섯 개가 두 줄씩 줄지어 있었잖
아. 벽에 붙은 회색 철제 수납장 위에는 여러 종류의
돌과 유리병, 해골 모형이 놓여 있었고. 선생님은 번호
순으로 여섯 명씩 조를 나눴어. 우리는 같은 조였어.
"자, 돌아가면서 화석의 질감을 만져 보고 차이를 기
록해 보세요." 선생님 말씀에 조원들이 돌아가며 화석
덩어리를 만졌어. "와 신기하다." "야, 이거 봐, 엄청 부
드러워!" 마지막 내 차례가 되었을 때, 보라가 말했어.

"승은아, 나 한 번만 더 만져도 되지?" 보라는 내 몸을 살짝 밀친 채 돌을 차지했어. 가만히 고개를 끄덕였어. 보라는 내게 질문이 아닌 통보를 한 거였고, 설사 질문이었어도 나는 안 된다고 답하지 못했을 거야. 아니라고 말하는 건 나에게 너무 어려운 일이었으니까.

그때 옆에 있던 네가 보라에게 말했지. "야, 지금 홍승은 차례잖아. 순서 지켜." 순식간에 공기가 얼어붙었어. 보라는 반에서 소위 '잘나가는' 무리 중 한 명이었는데, 네가 나를 대신해 보라를 거역한 거야. 보라는 어이없다는 듯 널 째려보며 구시렁댔어. 넌 아랑곳하지 않고 내게 말했어. "네 차례잖아." 그때 너에게 고맙다고 말하지 못했어. 보라 눈치도 보였고, 어딘가 심란했기 때문이야. 이 차가운 분위기가 나 때문에 벌어진일 같고, 너처럼 말하지 못한 내가 한심하게 느껴졌어. 화석 따위, 조금 늦게 만져도 되는데. 마치 내가 양보한 것처럼 지나갔다면 덜 창피했을 텐데. 부끄럽지만나 이런 생각을 했어. 내가 외면했던 은은한 따돌림이 너로 인해 선명해진 것 같아 얼굴이 빨개졌거든. 애써 앞에 주어진 돌에 집중했어. 부드러운 질감을 손으로 느끼면서도 신경은 온통 주위로 쏠렸어. 그날 이후 너는 보라 패거리에게 야유를 받곤 했어. 칠판을 지우거나 우유를 받으러 갈 때도 여기저기서 비아냥이 날아왔잖아. "쟤 또 나대네." "깝치네." 나였다면 아무것도 못 하고 자리에 가만히 앉아 있었을 상황에서도 넌 고개 숙이지 않았어. 당당하게 교실과 복도를 거닐었어. 명주, 넌 전교 30등 안에 항상 들었고, 당당하게 자기 주장을 하는 멋있는 친구였어. 나와는 다른 세계의 사람 같았어.

그 일이 있기 전, 4년 전에 나랑 너, 보라, 우리 셋은 나름 친한 사이였잖아. 같은 초등학교에 다닌 너는 그때도 똑 부러지는 친구였고, 보라도 마찬가지로 활달한 친구였어. 그땐 나도 너희와 같은 위치에서 비교적 평등한 친구 관계를 맺었어. 우연히 학급 반장을 했던 나는 친구들과 함께 놀다가 소외되어 우는 친구가 있으면 정색하며 놀이를 중단했지. "야, 얘 울잖아. 지금 게임이 중요해?" 언제부턴가 친구들은 '홍승은은 우는 사람을 지나치지 못하는 정의로운 애'라고 나를 불렀어. 나는 반에서 소외되는 친구에게 주로 눈길이 쏠리는 편이었고, 쉬는 시간이면 그 친구들을 챙기곤 했어. 나는 정의로운 내가 좋았어. 누군가를 챙길 수 있는 내가 좋았어. 다른 애들은 놀리는 요소를 감싸는 내가 자랑스러웠어.

4년이 지난 뒤, 나는 내 차례 하나 지키지 못하고 침묵하는 사람이 되었고, 덕분에 너를 곤란하게 만들었어. 그간 무슨 일이 생겼기에 우리 셋은 이렇게 달라진 걸까? 문제의 과학 시간이 지나고, 계절이 한 번 바뀌었어. 학교가 끝난 뒤 동네를 걷다가 우연히 길 한가운데서 너와 마주쳤어. 조용히 지나치길 바랐는데, 넌 나를 불러 세웠어. 나는 네 눈을 보는데, 너는 내 교복을 봤어. "승은아, 너 왜 이렇게 됐어?" 넌 안타까운 표정으로 나를 훑으며 그대로 지나쳤어. '내가 왜? 내가 어떤데?' 네가 떠난 자리에 멈춰 서서 내 차림을 보았어. 하얀 셔츠에는 검고 누런 때가 끼어 있었고, 살이 붙으며 교복이 작아져서 동생 옷에 억지로 몸을 욱여넣은 모양이었어. 이틀째 감지 않은 머리카락은 기름과 함께 갈라져 있었어. 그때 알았지. 너는 내가 너무 안타깝구나. 예전에 단정하고 깔끔하고 당당하던 내가 왜 '이렇게' 되었는지 답답했구나. 어쩌면 불쌍했구나. 그날의 짧은 마주침이 왜인지 종종 꿈에 나왔어. 너도 이렇게 될 줄은 몰랐겠지. 보라의 쌀쌀한 따돌림보다 너의 따뜻한 연민이 나를 더 무너지게 했다는 사실을 나는 인정하고 싶지 않았어.

너 왜 이렇게 됐어?

이제 네 질문에 답해 볼게, 명주야.

나는 내가 우연히 가진 것들을 잘 몰랐어. 살뜰하게 나를 챙기는 어른이 집에 있다는 사실 같은 거 말이야. 군무원이었던 아빠는 4인 가족이 먹고 쓸 정도의 돈을 벌었어. 절대적으로 가난한 건 아니었어. 문제는 아빠가 가족을 돌보는 법을 모른다는 거였어. 집은 그저 휴식처일 뿐이었지. 배우자와 자녀들과 함께 소통하며, 가사, 돌봄 등의 노력과 노동이 필요한 공간이라는 사실은 몰랐던 거야. 그 역할을 엄마가 도맡아 해왔어. 나와 동생은 준비물이 필요할 때면 슬쩍 엄마 옆구리를 찔렀어. 엄마는 아빠의 폭언이 날아올 걸 알면서도 아빠에게 말을 꺼냈지. 애들 옷이 작아졌다고, 준비물 필요하다고, 책을 사야 한다고, 목욕탕에 가야 한다고. 뭐 이런 일상적인 것들 하나하나 엄마의 노동이 안 들어간 게 없었어. 초등학생 때 네가 본 내 예쁜 옷과 깨끗한 신발, 단정한 머리 스타일 같은 건 다 엄마가 챙겨 준 거였어. 엄마가 집을 나간 열다섯 살 전까지 나는 엄마의 노동을 실감하지 못했어. 당연한 듯 주어졌으니까.

그런데 엄마가 나간 뒤에 너무 많은 게 바뀌더라고. 하다못해 머리 감는 일도 엄마의 챙김으로 해 왔더라. 위생이나 미의 기준, 모든 일상이 내게 정답 없는 과제로 돌아온 거야. 엄마가 없는 우리 집은 점점 쓰레기장이 되었어. 하교하고 돌아오면 집은 암막 커튼에 싸여 온통 컴컴했어. 아빠의 담배 냄새와 가래 뱉은 휴지 뭉치, 쓰레기가 여기저기 흩어져 있었어. 음식물 쓰레기를 방치하면 구더기가 생긴다는 사실을 나는 열다섯이 되고야 알았어. 내가 움직이지 않으면 먼지와 머리카락이 작은 공이 되어 집 안을 데굴데굴 구른다는 사실도 그때 알았지. 배워야 할 게 산더미였어. 쓰레기도 꼬박꼬박 비우고, 하교하면 무조건 30분은 청소에 집중했지. 창문을 활짝 열고, 위에 있는 먼지부터 바닥까지 순서대로 탁탁 털고 싹싹 닦기. 일주일에 한 번 동생과 장을 보러 나갔어. 아빠에게 받은 식비 안에서 일주일 치 식량을 사야 했어. 가장 저렴한 음식들, 냉동육이나 생선, 햄 같은 걸 주로 샀어. 적어도 저녁에는 아빠와 동생의 식사를 챙겨야 했어. 점점 만들 수 있는 반찬이 늘어 갔지. 각종 나물무침, 김치볶음밥, 된장찌개 같은 음식들.

왜 이런 이야기를 구구절절 풀어놓느냐고? 네 질문에 답하려면 그때 네가 알던 '나'라는 사람에게 어떤 일들이 일어났는지 알려야 한다고 믿기 때문이야. 학교 성적이나 친구 관계에 집중하기도 벅찼는데, 갑자기 다른 과제가 내 일상에 불쑥 끼어들었으니까. 그것도 어마어마한 무게로 말이야. 그때 나에게 중간고사는 오늘 먹을 저녁 반찬보다 중요하지 않았어. 말끔한 외형은 동생의 눈물보다 중요하지 않았어. 미래는 오늘의 슬픔보다 중요하지 않았어. 언젠가 제일 친한 친구가 사복을 입은 내게 "승은아, 나 너랑 다니기 쪽팔려……."라고 말했던 게 생각나. 교복도 엉망으로 입고 다녔지만, 사실 사복은 더 형편없었잖아, 나. 나는 아빠 옷장에서 찾은 큼직한 반팔 티셔츠와 운동복 반바지를 입고 있었어. 나중에 알게 된 건데, 그 시절에 나랑 동생의 별명이 같았더라고. 나 열여섯, 동생 열넷일 때 우리는 각각 반에서 '기름 공장 딸'로 불리고 있었어. 조금 창피한 얘긴데, 나는 정말로 머리를 얼마 만에 한 번씩 감아야 하는지 잘 몰랐어. 떡진 머리, 기름진 피부. 그런 내 모습이 창피한 걸 몰랐었다? 모두 나를 안쓰럽게 보기 시작하니까 창피해지더라고. 나 지금 엄청 별로구나.

친구들과 적당히 친하게 지낼 때는 몰랐어. 내가 갖고 있던 어떤 자원들을. 내가 애들과 잘 지낼 수 있었던 이유가 나를 돌보는 어른이 있었기 때문이라는 사실을 말이야. 적당한 꾸밈과 청결함, 누군가 뒤에 있다는 든든함. 내 환경을 이름표처럼 걸고 다니는 것도 아닌데, 다들 어쩜 귀신같이 알아보는 걸까? 지지받지 못하는 존재의 위태로운 상태를, 바스락거리는

영혼을 말이야. 혼자가 아닌 걸로 보이는 태와 태도가
무엇을 상징하는지 몰랐지. 때와 장소에 맞게 옷을 갖
춰 입거나 위생을 관리하는 일이 무엇을 상징하는지
알 필요 없는 세계에 살다가 갑자기 알게 된 거야. 아,
나도 언제든 멸시당하거나 불쌍해 보이는 위치로 옮
겨질 수 있구나. 그간 내가 정의롭게 '너네, 쟤 따돌리
지 마!'라고 말했던 친구들의 모습을 기억해 보았어.
그 친구들은 어떤 이야기를 했더라? 떠오르는 게 없었
어. 낡은 실내화 가방, 기름진 머리, 해진 옷. 이런 단
편적인 이미지만 있더라. 그 모습을 보고 마음 아파하
던 나만 생생하게 떠올랐어. 나는 그 친구들의 목소리
와 이야기를 들어 본 적이 없더라.

명주야, 난 여전히 보라가 잘못했다고 생각해. 얕잡
아 무시하는 행동을 서슴없이 하던 그 애가 미워. 그
런데 보라에게 느끼지 않는 복잡한 감정이 너에게는
자꾸 생기는 거야. 왜 '이렇게' 되었느냐는 너의 말은

내 존재가 잘못됐다고 말하는 것 같았어. 개선될 여지가 없다는 말로 들렸거든. 나는 무언가 잘못된 사람이고, 그래서 이런 꼴(여기저기에서 무시당할 수밖에 없는)을 당할 만하다는 말로 다가왔기 때문이야. 나는 말하고 싶었어. 나를 불쌍하게 보지 마. 나 그렇게 힘들고 이상하기만 한 거 아니라고, 내 주위에 변곡점이 생겨서 잠시 다른 타임라인을 사는 거라고 말하고 싶었어. 나를 몇 개의 이미지로 납작하게 판단해서 불쌍하고 불행한 애로 바라보지 말라고 말이야. 그리고 나는 내가 진심으로 다른 친구에게도 이와 같은 태도로 대했길 바라. 난 너를 통해 나에게 말하고 싶었던 거야. 그러지 마. 너는 구원자가 아니야. 그 친구에게 느껴지는 불행의 냄새는 차별의 냄새일 뿐이야. 불행과 차별을 구분해. 어떤 삶에도 기쁨과 보람과 반짝이는 부분이 있어. 누구도 함부로 동정하거나 멸시할 자격이 없어.

요즘에도 밀려난 존재에게 마음이 기우는 나를 볼

때마다 경계하곤 해. 나 함부로 동정하는 건가? 연대하는 태도가 맞나? 동정이 내가 상대보다 나은 위치인 걸 재확인하며 은혜를 베푸는 행위라면, 연대는 상대가 겪는 고통이 구조적 차별이라는 걸 인지하고 당신의 고통이 내 고통과 연결되어 있다는 걸 알아차리는 감각이라고 해. 엄마가 사라진 자리를 채워야 하는건 어른 남성이었던 아빠가 아닌, 여성 청소년인 나였어. 그것도 다 연관이 있는 차별이더라. 그래서 나는 엄마의 삶을 함부로 불쌍하게 보려고 하지 않아. 당시그 여자의 노동과 고단함과 자긍심을 여러 겹으로 듣고 알려고 노력할 뿐이야. 나는 가난의 상징으로 불리던 친구의 위태로운 모습과 한순간 기름 공장 딸로 불리던 내 모습의 연결점을 생각해. 아, 부모님이 연탄 공장에서 일한다는 사실을 누구에게도 꺼내지 않은 친구도 떠올라. 그 애는 수다쟁이로 소문난 친구였는데, 공장 노동자의 딸이라는 사실은 절대 말하지 않았어. 그 애가 가진 수치심은 '기름 공장 딸'이 놀림거리가 된다고 믿었던 문화와도 연결된 거겠지. 파고들수록 너와 나, 우리는 참 뒤죽박죽 엉켜 있지 않니?

명주야, 요즘 넌 어떻게 지내? 나 이제 내 두피 타입에 맞게 매일 머리를 감고, 나에게 맞는 옷을 적당히 챙겨 입고, 옷감에 따라 분리해서 빨래를 돌려. 빨래 개는 시간을 가장 즐겨. 일주일에 한 번 대청소하는데, 열여섯에 했던 그 대청소의 순서와 크게 차이가 없어. 가사 노동을 할 때마다 느껴지던 힘들면서도 뿌듯했던 감정도 여전해. 그때 배운 생활의 지혜가 몸에 쌓여서, 나름 이 구역 청소와 정리의 왕으로 불린다? 웃기지. 그리고 또 하나. 그 시절에 눈치를 하도 본 게 내 상처이자 한계라고 생각했는데, 덕분에 조율하고 챙기는 일을 잘해. 이 지혜는 글쓰기 수업을 진행할 때도, 지금 내가 사랑하는 사람들과 깊은 관계를 맺을 때도 큰 힘이 되었어. 참! 변하지 않은 것도 있어. 나 아직도 거절을 잘 못해. 필요할 때 "안 돼요, 싫어." 말하는 게 어려워서 계속 연습하고 있어. 또 나는 말이야, 결혼 대신 동거를 선택했고, 정상적인 로맨스 공식을 벗어난 사랑을 하고, 쓰면 '안 될' 이야기를 쓰며 살아가고 있어. 네가 만약 이 편지를 읽는다면 비로소 너는 내 이야기를 듣게 되는 거겠지. 이렇게 풀어내고 나니까 네 이야기도 궁금해진다. 너는 그때 어떤 타임라인을 살고 있었을까. 학교 밖에서 너는 또 어떤 역할을 맡고 있었을까. 그 애들의 야유가 힘들진 않았을까. 나를 원망하진 않았을까.

  명주야, 그때 나 대신 내 편을 들어 줘서 진심으로 고마워.
  네가 편들었던 나는 이런 이야기를 안고 있었어.

그때의 명주에게 지금의 내가
지금의 명주에게 그때의 내가

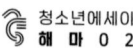 청소년에세이
해 마 0 2

그때도
틀리고
지금도
틀리다

2025년 4월 25일 처음 찍음

글 홍승은 | **펴낸곳** 도서출판 낮은산 | **펴낸이** 정광호
편집 강설애 | **디자인** 소요 이경란 | **제작** 세걸음

출판 등록 2000년 7월 19일 제10-2015호
주소 10881 경기도 파주시 회동길 216, 202호
전화 02-335-7365(편집), 02-335-7362(영업)
팩스 02-335-7380
홈페이지 www.littlemt.com
이메일 littlemt2001ch@gmail.com
인스타그램 @little_mt2001
제판·인쇄·제본 상지사 P&B

ⓒ 홍승은 2025

ISBN 979-11-5525-178-2 43810